著作权合同登记号桂图登字：20-2023-087号

빛의 호위

조해진

光之护卫

[韩]赵海珍 著

梅雪 译

GUANGXI NORMAL UNIVERSITY PRESS

广西师范大学出版社

·桂林·

惊奇 wonder BOOKS

光之护卫　　　　　出版统筹　周昀　┃ 责任编辑　张玉琴
GUANG ZHI HUWEI　特约编辑　黄建树 ┃ 封面设计　郑元柏

图书在版编目 (CIP) 数据

光之护卫 / (韩) 赵海珍著；梅雪译 . —— 桂林：
广西师范大学出版社，2023.9
ISBN 978-7-5598-6296-9

Ⅰ . ①光… Ⅱ . ①赵… ②梅… Ⅲ . ①短篇小说－小
说集－韩国－现代 Ⅳ . ① I312.645

中国国家版本馆 CIP 数据核字 (2023) 第 155525 号

出版发行　广西师范大学出版社
　　　　　地址：广西桂林市五里店路 9 号
　　　　　邮编：541004
　　　　　网址：www.bbtpress.com

出版人　黄轩庄
经销　　全国新华书店
发行热线　010-64284815
印刷　　山东临沂新华印刷物流集团有限责任公司
　　　　地址：山东临沂高新技术产业开发区工业北路东段
　　　　邮编：276017
开本　　787mm × 1092mm　1/32
印张　　7.125
字数　　118 千字
版次　　2023 年 9 月第 1 版
印次　　2023 年 9 月第 1 次印刷
定价　　49.00 元

目 录

光之护卫

　　陌生的机场里，通往入境边防检查站的通道人潮涌动。我蓦然停下脚步，环顾四周。那个轻柔地萦绕在圆而透明的飘雪世界里的旋律，又一次回荡在我耳边。突如其来的恶劣天气，导致许多航班延误，出行计划被打乱的人们，粗鲁地推搡着挡在通道上的我，匆匆而过。透过机场的落地窗，可以看到大雪越积越厚的幽暗跑道，以及每个窗口都散发着微光的飞机。"下雪了啊!"我低声自语道，仿佛才发现下雪一样。这一瞬间，只在我耳旁萦绕的旋律音量似乎更高了。自从与权恩再会，不，应该说自从忆起生锈变形的房门内的风景，那段旋律便时常飘过悠远的岁月长河，来到我身边。这样的时候，除了静静地注视着那旋律悠扬的世界外，我什么都做不了。那个世界，有时是个没有厨房和卫生间、又小又冷的房间，有时是某个星期天白雪皑皑的操场，有时是药味浓重的病房，而生活在那个世界的居民，总是权恩一个人。

一年前，在京畿道一山市的一间咖啡书屋与二十多年未见的权恩重逢时，我并没有认出她来。她住在坡州，我去坡州附近的一山市，纯粹是为了采访她。当时，我在一家报社主管的时事杂志社做记者，负责专门采访文艺界后起之秀的栏目。那周的采访对象是权恩，她是位青年摄影师，主要在战乱地区拍摄新闻图片。那天她讲的故事，大多给我留下深刻的印象，有些还很感人。她说接触摄影是从摆弄朋友送的胶片相机开始的，这点非常有趣。她在战乱地区出生入死时经历的每一个故事，无不如实地反映了她真切的热情。

采访快结束时，咖啡书屋的外面已是大雪纷飞。"这雪看来一时半会儿不会停了。"我自言自语道，一边把采访稿存好。这时，权恩低语道："发条停了的话，旋律就会停止，雪也会停吧?"她的话很有意思，一般人不会这么表达。于是，我打趣地问是不是什么谜语。她笑而不语，之后没再说什么。采访结束后，我们从咖啡书屋出来，在红绿灯前轻轻握手告别。我走出几步，下意识地回头看了一眼，看到了权恩的侧影，她正低着头静静地站在风雪中。雪越下越大，可她仍然一动不动。我脑海里闪过一个念头：要不要去给她撑下伞？但想到伞下的沉默会让我有些不自在，便朝地铁站走去，没有再回头。

现在回头想想，那次见面时她对我说的话，比如爱上摄影的起因、关于发条和旋律等的故事，其实都是一些暗示。甚至她站在冰天雪地里一动不动的样子，对我来说可能也是一个符号。那天，她想要给我的，是可以打开被忘却的旧日时光之门的一把钥匙。然而，当时的我却一点儿都没觉察到。

当时的各种感觉依次模糊起来。耳边的旋律渐渐飘远，我们之间的对话一点点消失，权恩身旁的街边风景也渐行渐远。剩下的，只有落在柏油路面上、权恩大衣衣领和鞋面上的洁白雪花。当我回过神再次抬起头来，只见那雪花很快融入落地窗外纷飞的大雪中了。

从机场出来乘坐巴士到达曼哈顿市区时，已经晚上十一点了。夜晚的霓虹灯光彩夺目，色彩鲜艳的广告牌一眼望不到尽头。在这座大都市的街头，我总是迷失方向，就像被扔到没有出口的迷宫里。去往预订的宾馆的路上，我越来越坚信：这辉煌的城市不正是某人的梦境吗？是某个孤独少女的梦境，在一个又小又冷的房子里，她一遍遍地给水晶雪球上弦，然后沉浸在这个飘雪的世界，还没来得及流泪就已进入梦乡。可这梦里为何如此清冷啊？

*

　　一山的采访结束以后，与权恩再次相见，也许是因为水晶雪球。在接到她说读到了采访报道的电话之前，我正在一家大型超市的儿童区，准备给侄子买圣诞礼物。在那里，我看到了水晶雪球，在这水晶雪球里，有着可以猜出权恩谜语的所有线索。我完全忘记了要给侄子选礼物，呆呆地凝视了好一会儿那个圆而透明的世界。发条转动时，旋律悠扬，雪花纷飞。权恩就在这个世界里，她似乎无处可去，茫然地伫立在飞扬的大雪中。直到那时，我才慢慢发觉，那天她在街头的样子，已在我心灵的一角占据了很长一段时间。权恩出于礼貌打来了感谢电话，我提议说一起喝一杯，这也应归因于水晶雪球，除此之外，没有别的解释。在这之前，我从未和在采访中认识的人私下见面，也从未感到有这个必要。假如没有与权恩的再会，也没有从她那里听到有关赫尔格·汉森的纪录片《人，人们》的话，也许这辈子，我都不会知道她是谁。

　　现在的我，对一切无怨无悔。

　　大概是在圣诞节之后的某一天，首尔的岁末气氛达到高潮，不管到哪里，都是人山人海。在我们杂志社附近的乙支路地铁站碰面后，我们去了附近的一个啤酒屋。啤酒和简单的下酒菜上来以后，权恩告诉我一个意外的消息：一星期后，她要跟随一个由牧师和传教士组成的志愿者团队，去叙利亚难民营拍摄新闻图片。很长时间以来，叙利亚一直内战不断，而且那里也因外国人经常被掳为人质或受伤而臭名远扬。虽然很担心她，我却没有说出让她再考虑一下或最好不要去之类的话。这完全是权恩的私事。我不想看到一个我并不了解的年轻摄影师因为我的干涉而改变她的作品内容，也不能随意低估她只要有台相机就可以避开所有危险的朴素热情。况且，她是一个去过不少战乱地区的专业摄影师。

"那你打算拍些什么呢?"我举起酒杯，随口问了些无关紧要的问题。"要拍人啊，"她回答，"战争的悲剧不应在钢铁武器或者倒塌的建筑中去寻找，而应从镜子前化妆的年轻女人想起死去的恋人时那双湿润的眸子里寻找。如果没有战争，像你我一样哭泣的普通人，才是战争本身。"她用流利的语言做了附加说明，好像提前准备好的一样。我一脸茫然地望着她。可能是我的表情太认真了，她急忙笑着告诉我自己只不过是引用了别人的话，然后又说："是赫尔格·汉森说的。""赫尔格·汉森? 他是谁?""我最喜欢的摄影记者。我之所以去战乱地区，可以说也是受

005

了他的影响。"所以，听说这位摄影记者拍了纪录片处女作，她为了欣赏这部片子，想尽了各种办法。那段时间，她经常查看多家独立电影院的放映时间表，还浏览了各种与那部纪录片相关的网站，询问了关于 DVD 或者视频文件的信息。可那部纪录片并没有在韩国上映，她也没有买到 DVD 或视频文件。后来，多亏了一个在日本学习电影的朋友，她才有幸看到赫尔格·汉森唯一一部纪录片——《人，人们》，是朋友好不容易弄到视频文件后发给她的。在这部因喜欢赫尔格·汉森才看的纪录片里，她认识了一个叫作阿尔玛·迈尔的女性。"很奇怪！"权恩说。按照她的说法，她和阿尔玛·迈尔就像不同船上的两名乘客，虽来自不同的时代和背景，毫无关联，却有着相似的经历。这两艘船仿佛经历了同样的风浪，漂流到同一个岛上。她说："所以，从那以后，只要有时间，我就会给阿尔玛·迈尔写信。"权恩不好意思似的笑着说道。不知怎的，我感觉那笑容似曾相识，我怔怔地看着她。某一瞬间，我们的视线在半空中尴尬地相遇了。"那你收到阿尔玛·迈尔的回信了吗？"我赶紧把视线从她身上移开，一边往她的空酒杯中倒酒，一边随口问道。"我是在自己博客上写的，就像日记一样。啊，当然是用韩语，反正阿尔玛·迈尔也收不到我的信，她在二〇〇九年就去世了。"我停下倒酒的手，又一次凝视着她。也就是说，她一直在给一个从未见过，并且已经不在人世的人写信！她到底在那去世的女性身上寄托了什么？对于她和阿尔玛·迈尔之间相似的经历，我虽很是好奇，却不想贸然了解别人心底的故事。我们自然地交换了些琐碎的话题，什么全国上下传贳房[1]都很难找啊、三十岁中期这个尴尬的年龄啊……可在我的心里，权恩的故事一直凝固在那里，并没有消失。

晚上十点左右，我们走出啤酒屋。在转身回家之前，我对她说："啊，对了！我猜出来那个谜语了，那个发条停了的话，旋律就会停止，雪也会停止的地方。"她没有问我答案是什么，只是静静地看着我，像是在等我说下去。"你都多大了，还喜欢那些玩具？"我在开玩笑，可她却没有笑。正好一辆出租车停在我们面前，她上了车。我站在车外，祝她平安归来，她表示感谢。"相机……""什么？"出租车已经开走，我没能听到有关"相机"的更多暗示。那个又小又冷的房间；房间内灯光一亮就会停止转动的水晶雪球；还有走出那个房间，映入视野的沐浴着橘黄色霞光的一条条破旧胡同；暮秋的一天，我抱着相机跑进

---

1 传贳房是韩国特有的一种租房方式，租户在租房子的时候，一次性支付大额的全税金，租房合同到期之后，房东将其全数返还给租户。——本书脚注均为译者注

那个房间的场面……这些提示，都是过了一段时间以后，才慢慢地向我走来，就像积雪的操场上稀稀落落的脚印。

*

第二天早上，大雾弥漫着纽约。从宾馆九楼的房间往下看，纽约的街道就像浸在水中的古代城市一样虚幻缥缈，还像名为"永远"的跷跷板末端立着的虚像一样让人感觉遥不可及，亦像权恩年幼时光里梦中的城市，在这座城市里，隐藏着许多我还没有猜出的秘密，权恩曾在那里迷失方向、流泪彷徨过。

从宾馆出来，一到曼哈顿电影资料馆，就看到了《人，人们》的特别放映公告。看来我找对地方了。大厅里的一张桌子上，摆放着二〇〇八年年底以色列进攻巴勒斯坦时的图片资料和《人，人们》的宣传册。我拿起一本宣传册，朝大厅一角走去。资料上介绍说，二〇〇九年一月，《人，人们》的导演赫尔格·汉森曾乘坐埃及开往巴勒斯坦的装载有救援物资的卡车，没想到卡车中途被袭，不过赫尔格幸存了下来。关于制作这部纪录片的原因，导演赫尔格·汉森如是说道："从不幸遇难的诺曼·迈尔（在救援物资卡车被袭事件中遇难）以及他那失去独子的母亲阿尔玛·迈尔身上，我看到了个人身上具备的勇气，一种难能可贵的勇气，这股勇气对抗着历史的残酷。我是个幸存者，幸存者要记住牺牲者。这是我的信念。"

我小心翼翼地把宣传册平放到包里，以免起褶，然后走进放映厅。虽然是工作日，而且时间还早，不过一半以上的座位已经有人坐了。我找了个空位，放下包刚坐下，放映厅里的灯光就熄灭了。从那一瞬间开始，一种预想不到的紧张感涌上心头。直到银幕上出现画面，弹出纪录片的片名时，我还没有放松下来，很快连指尖也开始颤抖起来。

纪录片的开头，没有任何字幕和解说，首先出现在银幕上的，是贴在巴勒斯坦首都拉马拉[1]一家寺院墙壁上的许多人物照。寺院的墙壁看上去就像一个巨大的相册，一张张破旧的照片里，是表情各异的男人、女人、老人和孩子，他们静静地凝视着这个他们曾经生活过的世界。一个包着头巾的年轻女人，跟跟跄跄地走到一个青年的照片前，真诚地亲吻着。镜头在这一场景上聚焦许久，仿佛是在让人们想象，女人——为了让死去的恋人再看看自己美丽的容颜——在来寺院前化妆时哭得通红的双眼。

1　拉马拉（Ramallah，或译"拉姆安拉"），巴勒斯坦中部城镇，为临时首都，巴方主张耶路撒冷为其法定首都。

这个虽简短却十分震撼的片头过后，画面转移到救援物资卡车内部。车里算上司机一共坐了六个人，他们不时地说笑着。卡车停下来休息时，他们还打开地图认真地商议什么。也许是剪辑时把其他人的镜头剪掉了，画面中的焦点是诺曼。

根据我找到的一些报道资料，诺曼的死在美国社会掀起巨大波澜，引发了长时间的热议。该事件违反了即便是战争时期也不可袭击救援物资车辆的不成文惯例。这一事件还导致一名犹太裔美国退休医生失去生命，卡车上的大部分救援物资都是这位犹太裔美国人倾尽财产买来的。这些事实都给人们留下深刻的印象，也让人们产生期待，期待着能在社会上引发时事讨论。对诺曼的关注不断升温，他的母亲阿尔玛·迈尔也随之成了焦点，各种媒体连日试图采访她，除了犹太地区，社会各个阶层都对她表示了慰问。然而，她没有接受任何采访，也未回应任何慰问。她不外出、不邀请朋友，也不接听电话。关于诺曼的事情，她见的唯一一个外人，就是赫尔格·汉森，那是在她看了赫尔格·汉森寄给她的记录了诺曼最后十五个小时的影像资料之后，这些影像后来被如实地展现在纪录片《人，人们》里。

*

　　和权恩第二次见面的三个月之后，我在报纸和新闻报
道上了解到她的不幸遭遇。当时，我其实没有太激烈的反
应：有点儿惊讶，但不至于震惊；内心有些不安，却不至
于痛苦到影响日常工作。即便我那天在啤酒屋劝阻她，她
还是会去的。况且，我有什么资格去改变她的决定呢？这
么一想，心里就好受多了。那段时间，我转到电影杂志社
工作，无暇一直想着权恩的事情。在新的工作岗位上，有
新的人际关系和新的写作形式，这些都需要我以最快的速
度去适应。权恩的事情自然而然地被我淡忘了。不，也许
是我下意识地努力忘记了。就这样，忘记权恩的事情，差
点儿就成功了。

　　由于杂志社的前辈记者突然辞职，他把手里的几项
业务转交给我，在我记忆的一角几近模糊的权恩这个名
字，又一次变得触手可及。我新负责的工作中，有一项是
对纽约纪录片电影节做采访报道。在前辈准备的电影节资
料中，我发现了赫尔格·汉森的《人，人们》。资料显示，
这部纪录片于二〇一〇年一经亮相就受到评论界的一致好
评，当年还受邀参加多个国际电影节。电影节主办方还准
备特别放映《人，人们》，来纪念救援物资卡车被袭这一

史无前例的事件发生五周年。

从那天起，我常常回想起权恩在一山咖啡书屋和乙支路啤酒屋对我说的话。在其他记者都已下班的深夜，我在办公室上网搜索资料，试图找到所有有关权恩的信息。记忆并非像光一样突然闪现在脑海里，而是从遥远的地方一块一块地渗入我的感知里。"从朋友给的胶片相机开始接触摄影"，这是一个线索，在乙支路街头，她坐上出租车道谢后提起"相机"的场面，就像一个确凿的证据一样向我靠近。总之，在我的记忆中，她的世界总是大雪纷飞。那个世界圆而透明，雪花飘落时，熟悉的旋律会一直萦绕于耳。我还依稀记得某个星期日下午，在白雪皑皑的学校操场上，两人不太现实的对话。

"按下快门的时候，相机里会有光唰的一下闪过去。"

"是吗？那是从哪儿来的光啊？"

"平时可能藏在一些不起眼的地方吧。"

"什么地方啊？"

"这个嘛……柜子后面啊，书桌抽屉里啊，或者空瓶子里什么的吧……"

来纽约做采访之前，我打听到权恩住院的医院，然后去看望了她。她看到我后十分惊讶，这在我意料之中。她说，已经接受了三次弹片摘除手术，但下半生能不能走路还是个疑问。即使说着这么悲伤的事情，她黑色的眸子里还闪烁着惊讶的神情。

"那台富士胶片相机，还在吗？"

一段长长的沉默以后，我问她。她睁大眼睛注视了我一会儿，然后我们尴尬地笑了笑。最终我没能说出再来看她的话。从病房出来之前，她把自己的博客网址写了下来，还说，博客上有给我写的信。她也没有说希望再次见面之类的话。

那天回到家，我打开笔记本电脑，进入权恩的博客。博客分栏中，有一个信箱，那里有她写给阿尔玛·迈尔的十二封信和写给我的一封。我坐在桌前一口气读完这些信件，然后走进浴室洗澡，洗了好长时间。我用毛巾擦着身体，走到盥洗台镜子前，镜子上起了一层白蒙蒙的水雾。这让我产生一种错觉，感觉自己好像站在窗前，看着外面那个不用选择对错的模糊世界。真是一种不错的错觉！可雾气很快就消散不见。对着镜中慢慢明晰的自己，我低声问道：

"所以，你，现在幸福吗？"

那个模糊的世界没有回答我，身后传来了转动铁门把手的声音。即使不回头看，我似乎也能知道，一定是那扇生锈变形的房门，糊里糊涂地推开房门的是一个十三岁的少年，他眨了眨还没适应黑暗的眼睛，怯生生地问道：

"这……这里是……权恩家吗?"

*

银幕上，阿尔玛·迈尔对她长期蛰居的原因做了说明："我实在不能容忍他们用诸如'时代的良知''犹太人最后的希望'这样的修饰语来包装诺曼。躲在这些夸张的修饰语后面，即便什么都不做也能成为正义的证人，这种信念怎么说呢，在我看来，简直就是一种天真的欺骗行为。这就如同面对只要想知道就会知道的事物，却假装不知道，过后再声称因为自己不知道，所以不用承担责任一样。我仍然记得，很多非犹太人在战争结束后才对"犹太人大屠杀"的残忍露出惊愕的表情。我并不生气，不论是那时还是现在，我只是更加无力了，就是那种有气无力的幻灭之类的感觉。"

画面自然地切换到下一个场景，介绍阿尔玛·迈尔的过去。她于一九一六年出生在比利时，后来克服世人对犹太人和女性的双重偏见，作为一名小提琴手，在一九三八年加入布鲁塞尔爱乐乐团。但是，比利时从一九四〇年开始要求犹太人登记身份，她随之被乐团解雇，面临着被囚禁在犹太人居住区或抓进收容所的危险处境。这时，她的恋人，在同一个乐团的圆号手让，在布鲁塞尔郊外给她找到一个藏身之处——堂哥的食品店地下仓库。

那个没有窗户的地下仓库，如果不点灯的话，即便在白天也是黑漆漆一片。有时就算睁着眼睛，同样会感觉到梦境般依稀朦胧的画面在空中上演。这时使劲闭一下眼睛再睁开，总会看到一条陌生的街道。那条街道上，唯一亮灯的地方，是一家乐器店。小心翼翼地推开乐器店的门走进去，好久未见的乐团成员们都会高兴地和她打招呼，然后他们马上坐在各自的乐器前，开始欢快地演奏舞曲或进行曲。每当和她视线相触，他们都会露出无比友好的笑容，像是在对她呢喃："没有伤痛，只要我们活着，所有那些伤痛，都是为得到抚慰和治愈而存在的。"他们就这样心满意足地沉浸在演奏里。在某一瞬间，当她突然再眨一下眼睛时，会发现无论是旋律，还是乐团成员们，抑或是成员们的笑容都已消失不见。每当这美妙的幻影消失时，她就会更加孤独，更加凄凉。那种感觉，就像梦见吃着妈妈做的饭菜而幸福得吧唧嘴时，却忽然从梦中醒来，这让她感到凄冷无比，就如同独自站在寒风凛冽的旷野上。让每两周会拎着装有水和面包的篮子去地下仓库一次。可在当时，和所有人一样，让也十分清贫，所以那些食物根本不足以撑到半个月。篮子轻得可怜，但让每次都不会忘记在篮子底部放一张自己作的曲子。每当看到半空中闪耀着的乐器店，她就拿出小提琴，使琴弓和琴弦保持一定距离，彼此不接触，无声地演奏起那些曲子。在那个没有灯光的舞台上，即使没有观众鼓掌，她依然在无声地演奏……

"让作的那些曲子，对于在食品店地下仓库中每天想着死亡的我来说，是一束使我憧憬明天的光。因此，可以说，是那些乐谱拯救了我。"

讲完这段长长的往事，阿尔玛·迈尔轻轻地抬起头，浅浅地笑了。这是她在采访中第一次，也是最后一次微笑。黑暗的观众席上，不知不觉地，我也跟着她笑了。

*

"这……这里是……权恩家吗?"

门开了，我却有些迟疑，不敢走进去，又问了好几遍。房门已经生锈变形，推开房门，看到一个黑漆漆的房间，房间里唯一的发光物是个圆而透明的水晶雪球。其实，去那个几乎不见阳光、又小又冷的房子，并非出于我的意愿。权恩连着四天没来上课，也没请假。班主任把身为班长的我和当副班长的女生叫去，让我们去看看是怎么回事。从老师办公室出来后，副班长说她得去上钢琴课，不能和我一同去。没办法，我只好一个人去，按照纸条上的地址找来找去，最后看到了那扇门。等我的眼睛慢慢适应黑暗的光线，才看见穿着破外套、裹着被子的权恩。权恩马上站起来，打开了灯。灯亮的瞬间，发条松动的水晶雪球也停住了。

这是个没有厨房和卫生间的小房间。便携式煤气灶、水壶，还有装着洗漱用品的塑料盆，显示着这间屋子的诸多功能。在这个没有一点儿热气、十分简陋的房子里，十三岁的权恩吃什么，又是怎么生活的？这是我根本想象不到的。权恩说爸爸是她唯一的亲人，但他少则一两个月，多则半年都不在家。"帮我保守秘密！"她递给我一杯水，杯子是玻璃做的，说："我不是孤儿，我决不去什么福利机构。"我一时想不起来该说什么，顺手咕嘟咕嘟地大口喝下了那杯水。水里有一股自来水特有的消毒剂味道，我皱了皱眉，放下杯子说："知道了。"然后快速走出那间房子。第二天，我对班主任撒谎说权恩病了。严格来说，这也不算什么错，刚上任没多久的年轻班主任对我的话似乎没怎么放在心上。从那以后，我时常陷入权恩也许会死了的胡思乱想中。"要是权恩死了……"只是这么一个假设，就已让我无法呼吸。有时候我甚至产生了幻觉，仿佛听到班里同学们的窃窃私语，他们说权恩的死，都是因为我。

从那以后，即使没人吩咐，我又去了几趟权恩的家，这仅仅是因为我讨厌那令人窒息、产生幻听的感觉。我没什么好办法可以帮她，我能给她带去的，不过是些我不看的漫画书，或是水晶球里的电池之类的物品。"你快走吧！我没事儿。"每当看到我因和女孩子独处一室而感到不自在，却又不马上离开，只是在房间里来回踱步时，她就会这样边说边往外推我。

从权恩家出来，沿着通向大马路的狭窄下坡路，看到了昏黄的灯光，巷子里瞬间就跑没影儿了的孩子们，还有公共厕所破损的门和门缝间隐约可见的脏便池，以及像发疯的野兽一样蜷缩在空地上的推土机……这一切模糊地闪烁着，怎么看都不像这个世界的风景。连用水泥和木板傍山盖起的简易房，也有大半被拆除了。我和权恩一样，只有十三岁。住在这样一个近乎废墟的小区内的小屋里，她要承受的饥饿和寒冷，是我不能帮助解决的。一天，在里屋的柜子里，我偶然发现一个富士胶片相机，于是毫不犹豫地揣起来跑向权恩家。这是因为在我眼里，那个进口相机可以当二手货卖掉，换来一笔钱。可是我想错了，权恩并没有把相机卖掉。现在想来，这是必然的。因为对她来说，相机不单单是个照相的机器，还是通往另外一个世界的通道。当按下快门时，世界的每一个角落都会散发出光亮，去护卫拍摄对象，她一定是爱上了那种魔法般的瞬间。可随后，当按下快门，取景器里面的光亮一下子消失时，权恩是不是也会像阿尔玛·迈尔一样，感到更加孤独、更加凄凉呢？只是这些如今都已是无法确认的领域，就像没被拍到的风景一样。

也许，永远都不能了。

权恩起初用那富士胶片相机拍房子里的物品，后来，为了寻找更多值得拍下来的景物，她渐渐走出那间房子，回到学校。但我没有走近重返校园的她，也没有主动和她搭过话，可能因为我不想让别人觉得我和不经常换洗衣服的她关系不错吧。权恩也经常装作没看到我。我们最终没有成为朋友，但依然在为对方保守着一个秘密。我没有向任何人说过权恩无异于孤儿的事实，权恩对于我偷了爸爸的相机的事情也一直装作不知。离放寒假还有约两周时间时，听说权恩跟着亲戚搬到了一个远方的小城。学校里有传闻说，在赌场附近的垃圾堆里发现了权恩爸爸的尸体，但不知道这是否属实。

许多年过后，权恩在给已不在人世的阿尔玛·迈尔的信中这么写道："在那间爸爸很少回来的房子里，我几乎每天都做着同样的梦。因为不想做那个梦，我会不断地给水晶雪球上弦，一遍遍地沉浸在一分三十秒的飘雪世界里，直到困意袭来。在旋律快结束之前，赶紧蒙上被子，闭上眼睛。可我还是会做那个梦，梦见自己迷失在一个陌生城市里，最后喊着妈妈醒来。这样的梦境从来没有变过。"写到这儿，权恩沉默了几天。我守望着她的沉默。几天后，权恩才再次打开博客，慢慢地写道："有一天，我把额头贴在冰冷的墙壁上虔诚地祈祷，祈祷那个让房子转动的发条停下来，祈祷让我的呼吸停止。在那个相机来到我的生命之前，我居然如此祈祷过。所以……"以"所以"为开头的句子在权恩写给我的信里反复出现。她在信中称呼我为"班长"。时隔二十年之久，虽然没有很大期待，但她还是为我没有认出她而感到遗憾，但同时又为此庆幸。她在信中这么问我："班长，你知道一个人可以做的最伟大的事情是什么吗？"信外的我摇了摇头。"有人说过，救人性命是最伟大的事，因为不是谁都能做得到。所以……即便我发生什么事情，班长，请一定要记住，那天你送我的相机已经救过我一命。权恩留笔。"这封信的编辑日期是我和她在乙支路见面喝酒的那一天。那天对我说完"谢谢"后，坐上出租车离开，在岁末首尔街头的出租车上，她下定决心：要写一封大有用处的信，让活着的人有一天能看到。

*

直到一九四三年，阿尔玛·迈尔才脱离那个地下仓库。听说有人向德国警察告发了她，于是让再次出手帮她出逃。阿尔玛·迈尔跟着让去了瑞士，在瑞士边界城市和他告别。那时她已经有了诺曼，但她并没有觉察到，所以没能告诉让。后来，当她登上驶向美国的轮船，在三等舱里经历了极度的晕船后，才发现诺曼的存在。一九四三年十一月，阿尔玛·迈尔到达了美国国门爱丽丝岛。到达后她做的第一件事情，就是卖掉被她看作几乎是自己身体一部分的手工小提琴。靠着这笔钱，她找到了住处，而且直到诺曼出生，都不用去工作。在战争奇迹般地结束后的第五年，她才知道让还活着。但是，她并没有把自己还活着的消息以及诺曼的存在告诉当时已经结婚的让。她觉得，让已经为自己付出太多。因为自己，让好长时间都未过上安稳的日子。她不想再去打扰让的生活。这样做，与其说是在昔日恋人面前维护自尊，不如说是出于人与人之间的尊重。

在看到赫尔格·汉森寄来的影像资料之前，阿尔玛·迈尔并不知道诺曼早已开始关注让了。纽约郊外有一家秘密搜索他人信息的地下事务所，诺曼光顾那里已近三十年。他大概每月去一次，去打听让的情况，有时还拿些照片回来。不过，诺曼只是从事务所获取信息而已，却没告知让自己的存在，也从未写过信或打过电话。他虽然不赞成母亲所坚持的人与人之间的尊重原则，但却尊重她的选择。因为他觉得，这世上有些非真实的东西比真实更接近真相。二〇〇七年，诺曼最后一次收到有关让的信息——让葬礼的照片和写着墓地地址的殡仪公司小册子。一直负责诺曼业务的事务所所长，对多年来和自己一起老去的诺曼说："很遗憾！诺曼。"说完递上一支烟。抽完后，诺曼走出事务所，径直走过自己的车子，漫无目的地继续走着。让·贝尔内，法裔比利时人。一生的梦想是成为一名作曲家，却从未发表过一首曲子。四十岁之后，甚至还被挤出了地方的小乐团。这就是他，一个从未受邀进行过独奏的无名圆号手……回想着三十年来自己打听到的消息，诺曼当时这样下定了决心。

"他一生中做的最伟大的事情，就是在惨无人道的战争中拯救了一个面临死亡的女人。我要用自己的双手去再现生命中的那种伟大。我相信，救人性命是最伟大的事，这不是每个人都能做到的。大家也看到了，我已经老了，在更老之前，我要用他的方式去纪念他的历史。"

诺曼说完后，救援物资卡车里的人们肃然沉默了。镜头在车上每个人的身上聚焦以后，慢慢转向远方。画面渐渐隐去，就在银幕完全暗下来的那一刹那，猛烈的爆炸声响彻整个放映厅，震惊了在场的所有观众。观众席上随即亮起灯光，屏幕上播放出一行行演职人员的名字。可我的耳朵依然火辣辣的，仿佛触到了发出爆炸声的悲惨场面。演职员表中最后出现的两个名字旁边，明确标注着他们的生卒年，他们是诺曼·迈尔和接受采访两个月后逝于家中的阿尔玛·迈尔。使他们的世界转动的发条同时停止于二〇〇九年。

所有演职员的名字都已播完，我依然坐在座位上，视线无法离开屏幕。这时有人轻轻拍了拍我的肩膀。回头一看，一个手持清洁用具的黑人中年女性正站在我身后。我这才发现观众席已空，于是急忙收拾提包走了出来。外面，早晨的雾气已经散去，整条街上竟然洒满了耀眼的冬日阳光。

*

我缓缓走进日光普照下的曼哈顿街头。过了几个街区和街角，一个地方映入我的眼帘。它张着嘴巴，吸收着满街的阳光。我一步步走向那个地方——乐器商店的橱窗，里面陈列着各种乐器，其中也有小提琴和圆号。如果权恩在身边，她一定会沉浸在阿尔玛·迈尔和让·贝尔内深情演奏各自乐器的想象里。或许眨一下眼睛，会感受到光之护卫……权恩一定会这么做。她曾说过："发条和大雪停止之后，有些旋律依然会萦绕在那个世界里，有时还会去往另一个世界，唤醒那些已被忘却的记忆。"这些话现在都可以理解了。

我注视着脚下。

雪开始融化，上面的脚印渐渐模糊。在离我几步远的地方，我看到蹲着的权恩小小的背影。星期日下午，白雪皑皑的学校操场上，只有我们两个人。我慢慢向她走过去，这才看清，原来她正用富士胶片相机对着别人留下的脚印拍照。

"做什么呢?"这是权恩返校后我第一次和她搭话。

权恩的视线从相机上移开，她抬头惊讶地看着我。然后生硬地问我:"你怎么还在学校?"

"家里有客人，没地方可去……你在这里做什么?"

权恩没有回答，而是示意我坐到她身边，我犹犹豫豫过去坐了下来。她指着边缘渐渐模糊的脚印说:

"脚印里有光，像不像一艘载满光的小船？"

"哦，是吗……"

"竟然藏在这里……"

"什么？"

"按下快门的时候，相机里会有光唰的一下闪过去。"

"是吗？那是从哪儿来的光啊？"

见我好奇，权恩凝视着我，脸上浮现出我从未见过的兴奋表情。

虽然她还没有开口讲，但我已经知道了故事的内容：平时躲在柜子后面、抽屉或空瓶子里等一些小角落的薄薄光束，在按下快门的瞬间就会一起迸发出来，去护卫被拍摄物体；拍摄照片时，会产生一种幻觉，仿佛去了另外一个世界。所有这一切，我都已回想起来。权恩开始讲述这些我已经知道的故事。乐器店橱窗上反射的光芒只照在她一人身上。

演绎的开始

离开那座城市以后，我一直做着同一个梦。英洙和安吉拉，是那个梦的主人公，他们就像驶向遗忘领域里的两叶扁舟。满载着画作和文字的这两只小船，避开了时间的惊涛骇浪，悠然地漂流而下。到了晚上，就会停泊在靠近梦境入口的凄凉港口，然后放下缆绳。

比如，这样的梦境。

拖着行李箱徘徊在寒冷的街道上，推开一扇破旧的房门，泰昊住的酒店式公寓（很久以前我曾在那里暂住过）出现在眼前：床单凌乱的床铺，铺着方格图案桌布的饭桌，到处布满划痕的三层衣柜……这个只有少量必备家具的空间，完全再现了当时的样子。饭桌上放着一瓶已经打开的啤酒，透过窗户可以看到呈半圆形的后院。喝下瓶内摇晃的啤酒，会听到火车发出咔嚓咔嚓、咔嚓咔嚓的熟悉声音，如同梦中世界提供的入住券一般。这时，一辆火车正好从后院缓缓经过。越靠近窗户，火车似乎就越大越鲜明。在这个没有轨道的后院转了一圈又一圈的火车上，既没有驾驶员，也没有检票员，亦没有使用洗手间的乘客。乘客只有英洙和安吉拉两个人，他们并排坐着，脸上毫无表情，可以看到他们嘴唇在翕动，但听不到声音。为了靠近他们一些，我将手伸向窗外，但我们之间的距离并没有缩短。迟来的醉意涌了上来，我踉跄了一下，然后有气无力地瘫坐在地上。这样的时候，总感觉有一双巨大的手穿过公寓的墙壁，摇晃着我的肩膀。咔嚓咔嚓，咔嚓咔嚓，连叫醒我的手掌里也经常发出火车的声音。在浅浅的睡梦中，有时我会感觉，为了不扰乱梦中的秩序，那个声音只是绕着梦的周围在轻轻行驶。

*

"姑娘，姑娘！"

耳畔传来一个声音，我勉强睁开眼睛，抬头看着摇晃我肩膀的女人。那时还不知道安吉拉的名字，只知道是一个健壮的南美女性叫醒了我。安吉拉是劳务公司的职员，一周来一次，负责打扫公寓的院子、走廊和公用洗衣房，这些也是在那天听说的。那段时间，我总是习惯性地把见到的人按肤色和体型扫描下来，然后随意堆放到如抽屉般的大脑里。

这里，是哪儿呢？

我睡眼惺忪地环顾四周，这时从一棵高大的橡子树上正好掉下几颗橡子。橡子的落地声十分清脆，没有一丝回响，像是在提醒我这样一个事实——橡子掉在我旁边，然后破碎，破碎后会发出声音。这时我才意识到，我正坐在后院连个挡风板都没有的铁质楼梯上。等我确定好位置后，才感受到身体里侵入的寒气。我交叉双臂，环抱着身体，这时才依稀记起几个事实：昨天晚上在这里喝酒时把公寓大厅的公共钥匙给丢了；大厅的门只要关上，就会自动上锁，要想打开大厅的门，一定得找到钥匙，但当时的我已是烂醉如泥，还没带手电筒，最后不得不放弃，只好蹲着，茫然地等待泰昊来找我；之后就地睡着了，而泰昊一直没有来。这些事实清冷干燥地浮现在眼前……

女人说自己叫安吉拉，可以帮助我，但我想先自己来处理。拿起脚边的啤酒瓶想要站起来的瞬间，我又瘫坐回去。安吉拉扶着我的肩膀，又说了些什么，但我没有听懂。她先把啤酒瓶放在一边，用配给保洁人员的钥匙打开了大厅的门，然后把我扶到 302 号的门口。对于陌生人的过度热情，我有些不舒服，但当时我的确需要有人来温暖我、扶着我不让我摔倒。虽然大厅的钥匙丢了，但幸好302房门的钥匙还在口袋里。我掏出钥匙，回头一看，只见安吉拉双手叠放在右耳边，传递了温暖的讯息，示意我好好睡一觉。

302号房间里，泰昊的脸深埋在枕头里，睡得正香，像是已经收到安吉拉的讯息一样。是从一周前开始的吧？要么快一个月了。起初还乖乖地打地铺的他，不知从哪天起，开始和我共用一张床了。某天一睁开眼睛，就看见他睡在床头，身体蜷成一团。几天后，他自然而然地占据了另一半床，一觉醒来，有时会发现我们的双腿和胳膊交缠在一起。我们已经习惯无视那干涩的性欲，虽然有时不是很容易。昨天晚上，他肯定像往常一样，过了午夜才回家，连浴室的灯都没开，站着简单洗完，然后倒头就睡，都没意识到我没在旁边。这样想的话，心里会舒服些。我应该相信，如果他知道我消失了，肯定不会睡得这么安稳。在那座城市里，有一个事实非常明显，那就是，能证明我住在那里，我因意外而失踪或消失的话，可以告知天下的人，除了泰昊，就再无他人了……

我依然抖得厉害，走进浴室，打开淋浴器。本想着尽可能长时间地接受温水的慰藉，就在这时，刚好醒来的泰昊使劲敲打浴室的门，我不得不草草洗完，随意披上衣服，一开门，泰昊说着"我急"，推开我就进了浴室，洗手间里传来洒落在马桶里的小便声。看了看床头上的座钟，指针不觉间已指向七点十分。想想平常这个时间，我一般会在厨房准备面包和沙拉，煮咖啡，然后擦碟子，而泰昊会坐在铺着格子图案桌布的饭桌旁，他一坐下就习惯性地叹气。他总是忧心忡忡。如果想以更光鲜的履历就业，拿上高额年薪，在首尔市中心坐拥一套公寓，然后再有辆不错的中型轿车的话，必须要有全 A 的成绩单，但是语言的壁垒和堆积如山的作业打击了他的斗志。父母一贫如洗，无法为他提供经济资助，再加上债权人漂洋过海占据了他这间狭小的公寓，对于他来说，这些都是别人不曾经历而只属于他的不幸。

我走进厨房，打开冰箱门，站了好一会儿，然后拿出前一天剩下的百吉饼，放进烤箱里。债权人每天都为债务人准备早餐。当然，更准确的表达是，在我一个人的饭桌上，泰昊未经同意就擅自加入。没有制止泰昊这么做，责任分明在我。停下往咖啡杯里倒热水的手，我神经质地啪的一声放下水壶。我已经开始想念坐在后院铁质楼梯上喝到醉意渐浓的夜晚时间，但在找到大厅的钥匙之前，是不能再享受那份美好了。那天早上，在和泰昊面对面坐着吃早餐时，我看到半空中闪现出一个画面：我缩成一团坐在一个透明的箱子里，因为钥匙产生的忧虑越大，空中的箱子就把我的身体勒得越紧。在我说出"钥匙"这个词之前，泰昊把最后一块百吉饼塞进嘴里，匆忙跑出了302号。

*

在这个卧室即客厅，还带着个小浴室和厨房的302号房间里，有一台只能收到三个频道的电视机和一个不能打国际电话的座机。泰昊建议我没事的时候就看电视学学英语。但无论我多么耐心地注视画面，能听懂的也只有"yes""no"和"OK"几个简单单词。我把时间主要用在睡午觉上，睡完午觉在302号房间醒着的时间会相应减少，感觉这样还不错。我几乎不怎么外出，如果贸然出门迷路的话，又得需要泰昊的帮助。这种情况，一次就足够了。不能再像在首尔那样，盲目地出去兜风。来美国还不到一周时，一天凌晨我偷偷起床开着泰昊的车出去兜风，结果不小心发生了轻微的撞车事故，从此车子就成了我和泰昊之间的禁忌语。本打算用泰昊还我的钱在纽约待上一段时间再回国，但这一计划最终泡汤，这归根结底也是因为那次事故。泰昊不仅把自己和对方车子的修理费计算在内，还把治疗我肌肉疼痛的费用也一起算上。每隔一段时间，就会飞来一张账单。这时他就会敲着计算器，重新算出要还我的金额。虽然要还我的钱少了一半，但对他来说，似乎依然是笔不小的数目。泰昊曾扬言，一放寒假，即便做些杂活也要挣钱把钱还上，但到那时，我在美国免签滞留的时间将超过三个月的期限。至于是先回国等待泰昊的汇款，还是等拿到钱后以非法滞留者的身份出境，这也不是扔硬币就能解决的问题。有时，我会下定决心，一定要在拿到钱后回国，但有时转念一想，我又没有做错什么，却要被美国出入境管理事务所列入黑名单，这种情况着实让人难以接受。

那天，我坐在半圆形后院的铁制台阶上，沉浸在融入黑暗的夜色风景中。当时的我依然没有拿定主意，就这么束手无策地过了一个月。

后院大概停着五六辆车子，种着两棵高大的橡树。太阳一落山，在那个没有高楼大厦、霓虹灯和大型多媒体设备的城市里，无处藏身的朴素黑暗便蔓延到后院。随着时间的流逝，停放的车辆和橡树慢慢隐去，最终我的身体也逐渐被黑暗吞噬。第一天我什么都没喝，第二天喝了一瓶啤酒，第三天开始我喝了又喝，一直喝到酩酊大醉。醉意朦胧时，我总能听到从某处传来的火车声。咔嚓咔嚓，咔嚓咔嚓，火车发出固有的声音，不停地驶向某个远方。火车声四处弥漫，感觉这一普通的后院就如同边境城市里的一个换乘站，即使不看指示牌，我似乎也能知道换乘的火车将开往何处。火车的目的地唤起的可能性——像我这样渺小的存在随时都有可能消失得无影无踪——让我心生恐惧，同时又令我深深着迷。

*

在我丢失钥匙一周后的那个星期三，安吉拉敲开了302号的房门，她又介绍说自己叫安吉拉，然后伸开一只手，手上竟然有我大厅的钥匙！我眨了眨眼睛，注视着安吉拉。她说她是在打扫后院时捡到的，觉得可能会是住在302号的年轻姑娘的，就拿了过来。安吉拉若无其事地把钥匙递给我，仿佛这是件微不足道的事情，但在那一瞬间，对我而言，她就是这世上独一无二的伟大魔术师。

自从丢了大厅的钥匙，一周以来我从未独自离开过公寓楼，也就没能再次享受到在后院喝上几瓶啤酒，醉意渐浓的夜晚时光。如果不是安吉拉，我的封闭生活可能会持续更久。丢失钥匙的第二天，我和泰昊一起仔细查找了后院，但一个多小时后，我们手中只多了两枚二十五美分的硬币、一个口香糖包装纸和一个空烟盒。重新配把钥匙是唯一的解决方法，但泰昊以他即将考试为由，反复说等他闲下来再说。有时，他甚至责怪我，怎么能把钥匙丢了，不让人省心。"我是因为谁辞职来这里的?!"当我实在忍无可忍发火时，泰昊总会摆出一副可怜的表情，开始诉说自己对学分的不安感。"那该死的钥匙……"我经常从午睡中醒来，冰冷地这么嘟囔一句。在这座城市，我凭一己之力连一把钥匙都拿不到，这是这座城市另一个不成文的规定。我不知道这座城市钥匙匠的联系方式，也不敢给位于市里的公寓管理处打电话说明情况，索要新钥匙。每次申请什么时，办理程序基本是这样的：在等候室或大厅等待，被叫到名字后，出示身份证，用英语写一份申请书，用英语回答问题，但接下来因听不懂需要补充什么文件或注意事项，只能尴尬地点点头，最终无功而返……我曾在没有泰昊帮助的情况下去过银行和手机店，但银行账户和新手机号没有成功开通，市图书馆的借书证和百货大楼的打折卡也没能办下来，我什么都做不到。应该是在那个时候，英洙又开始来找我了，他撑着一把破旧不堪的雨伞，那雨伞看起来连一滴雨水都挡不住。我对英洙几乎一无所知，但我清楚，他的英语比我还差。

　　泰昊从未关注过我的需求，也没主动问过我。他只希望我不惹事，毫无存在感地待一段时间，等日期到了，就悄无声息地离去。当年他看到我后那呆滞的表情，至今仍历历在目。那时，我和他时隔近半年再次见面，经过长达十八个小时的长途跋涉，我终于来到他的公寓玄关前，看到我后他的第一句话不是"对不起"，而是"我会还的"，还说："我一直认为那笔钱是你借给我的，真的。"我并没有发火，只是推开他，把机内专用行李箱留在原地，阔步走向302号。他在身后拉着行李箱跟了上来，一脸闷闷不乐。

我跟泰昊是通过一个客户的介绍认识的。我们约会过几次，不怎么特别，也不怎么火热。在认识他三个月左右时，他说厌倦了现在的职场生活，打算整理一切去美国留学，这时，我原本平静的内心开始起了波澜。刚好那时我在网上看到一则新闻，说在纽约中央公园的长椅上，发现一具韩国男性的尸体。据报道，二十年前，该男子只身来到美国，之后大部分时间都是非法滞留。因为没有联系到他的家人，一些旅美韩侨捐款将他的遗体安置到了公共墓地。最后一句话，我注视良久。报道中的名字不是崔英洙，而且照片里老年男人的脸庞与年轻时的英洙也无相似之处，不过，二十年的漫长岁月，足以使一切变成可能。我有时会想，为了让我去一趟纽约郊外的公共墓地，一种无形的力量似乎在我的人生中加入了泰昊这个角色，还让我了解到那则报道。我知道这种想法很傻，但我却深陷其中，无法自拔。三个月后，泰昊说自己可能会因学费问题而放弃来之不易的商学院录取机会，听罢，我毫不犹豫地为他解冻了定期存款。拿到钱的那天，泰昊笑着对我说，等公司支付了退职金，就用那笔钱简单办一场婚礼，然后一起去美国生活。可是半个月后，他独自出国了，连一个电话都没有。之后我打听他美国地址时，才得知他只是个合同工，几乎没有退职金。而且，跟他在一起时，我也没有察觉他提到的被学校录取并非事实。对这些一无所知的我，报了凌晨的英语口语班，为了和再婚后住在清州的母亲多见几面，周末还频繁往返于长途汽车站。当时，我并没有深入思考，这是否是一种命运般的吸引，或是温暖的归属感，抑或是可以承担一切的牺牲精神等。也许当时于我而言，泰昊就像破旧旅馆的浴室洗漱台旁的旧牙刷，虽然是必需品，但随时可以被替代，假如有更干净的就绝不会拿来使用……"我现在就是在受罚"，我常常在 302 号房间里这么自言自语。屈服于现实而不遵从内心的罪，无视自己真实感情的罪，同时没有看清他真心的罪，这一切罪行的代价就是在 302 号度过无聊的时光。

当天，应我的邀请，安吉拉走进 302 号房间。我们坐在铺着格纹桌布的餐桌旁，她接过我递过去的盘子和咖啡杯，我们四目相对，瞬间我也像她一样开心地笑了。安吉拉的笑容是那天我找到的第二把钥匙，而那把钥匙打开的地方竟然是故乡。在那里，即使没有身份证也不会感到不安，无论打电话到哪里都不用担心会有沟通障碍，语言不会让人产生距离感……而且，在那里，即使发生了轻微的交通事故，也不会联想到手铐和监狱，不会感到恐惧。但仅在六个月之前，我却毫无留恋地想着离开那个地方。

*

一想到安吉拉那欢快的笑容，那座城市地铁站里的橘黄色检票机就会化为我情感的模样。就像把地铁票放进检票机后，咔嚓一声印出乘车日期和具体时间一样，安吉拉的笑容如同告知交到朋友的有效车票一般深深印在我心里。

在那之后，我和安吉拉又进行了三次周三午餐聚会。每周三她都会来公寓打扫卫生，工作一结束，她就敲开302号的房门。进入302号后，她坐在摆满面包、汤类、沙拉和咖啡的餐桌前。因为她经常顾不上吃午饭，晚上还要去公寓附近的意大利餐厅上班，所以我为她准备的饭菜，她总是吃得津津有味。

　　几次午餐下来，我发现安吉拉就像一个真正的魔术师。帮我找到大厅钥匙，只不过是她魔术表演的序幕而已。首先，只用英语她就可以和我顺畅交流。即使我有时会说出与语境毫不相关的话，或者因想不出合适的单词而出现停顿，她都不会感到烦闷或催促我。不管我说什么，她都会作出积极反应；如果出现沉默，她就会静静等待。不仅如此，安吉拉还具有超乎语言的交流能力。在我们共进最后一次午餐，也就是第四次午餐时，当我跟她谈及那天凌晨发生的交通事故，她脸上浮现出一脸担忧的神情，仿佛目睹了事故现场。只是这一点，我就差点流下了眼泪。当时泰昊接到电话后很快赶到现场，代替英语不流利的我向警察和保险公司员工交代了情况，说明了我饮酒与否以及驾驶经历等信息。那天直到晨光熹微，我们才回到302号房间。没有经过他的同意就把车开出去，而且还出了事故，我想他肯定会大发雷霆，但他却一直紧闭双唇，一言不发，似乎把我当成空气。他换好衣服拿起包默默走出房间，那一瞬间，我的心仿佛变成装满杂物的阁楼里的一面镜子。只要镜子一直在那里，镜中的风景就绝不会改变……"姑娘，"我跟安吉拉说了交通事故后泰昊的反应，安吉拉抚摸着我的手背，温柔地说，"不要太伤心。"也就是在那时，安吉拉的魔术发挥得淋漓尽致，她说："没必要因为自己的失误感到内疚。"不，她没有这么说，我从她的眼神中分明读到了这句话。她懂得如何用眼神而非语言来传达对方想听的话。

安吉拉还非常会讲故事。她的故事总是充满了神秘而美丽的隐喻，听着她的故事，就仿佛进入了一个百读不厌的书籍世界。十五年前，她一连走了十五天，才终于走到美国。当她渡过江河，穿越田野和沙漠，终于到达美国边境时，才发现三十名同伴中有三人消失在风中，而她的弟弟就是其中之一。风不停息，弟弟的脚步就不会停止，没有人知道他什么时候会走到这里。她说，虽然不知道弟弟何时会到，但她从来没有放弃过等待。在一个一天中某个时刻会染成金黄色的村子里，她和妈妈每天守在那里，等待弟弟的到来。

"我男朋友本吉在一个大笼子里工作。"

提到本吉，她的声音不由自主地变高了。

"本吉的身体真的很漂亮，就像黑色大地的缩影，有着不高不低的山脉、肥沃的田野和幽深的山谷。在那片大地上，到处刻着世界各国的文字，其中，要数从左肩到胳膊肘的玛雅语文身最为特别。他在笼子里做的事情也许没什么，但不是每个人都能做到。做得好就能得到热烈的欢呼，做得不好就会被无情抛弃。工作结束后，他那黑色大地上就会下起雨来，受伤的鸟儿在雨中低低地飞翔。姑娘，其实我……"

说到这儿，安吉拉沉默良久。在那漫长的沉默中，世界快速暗了下来，安吉拉的脸庞也越来越模糊。

"我想把他从笼子里救出来。"

安吉拉再次打破沉默。现在我们正坐在后院的铁制楼梯上喝啤酒。如果是平时，她应该在意大利餐厅洗着一堆堆盘子，现在的悠闲还要多亏那家意大利餐厅需要重新刷漆，所以停业一周。与平时不同，今天安吉拉看上去有点忧郁，她喝啤酒的速度比我快两倍多。最终，安吉拉喝醉了。醉酒的安吉拉扭动着身子，唱起了故乡的歌谣。这时，我又看到撑着那把旧伞的英洙。安吉拉继续唱着歌谣，英洙和着节奏随意转动雨伞，跳起奇怪的舞蹈。虽然我们来自不同的过往，但在离开后院前却一起享受了同样的时光。我们乘着地球上不断循环的黑暗，咔嚓咔嚓，咔嚓咔嚓，朝着那个从未拒绝过人类时间的地方走去……直到最后一班公交车快来时，安吉拉才起身准备离开，离开前她拥抱着我，不停地呢喃："Goodbye. See you. Have a nice night. God bless you." 我用韩语重复了这些话："再见，下次再见面，希望你今晚能开心，上帝会保佑你的！"听完我用韩语告别后，安吉拉紧贴着我的耳朵，用润湿的声音低声问道：

"姑娘，你刚才说的是母语吗?"

*

到了十二月，气温骤然下降。免签滞留期限就剩十天了，这就意味着在这十天内，我应该在金钱和合法回国这两个选项中做出选择。在做出最终决定之前，我先拨通了韩国旅行社的电话，打算调整一下六个月内不定期往返票的回程日期。就在这时，忽然听到有人在敲302号的门。泰昊挠着头走向门口，他坐在桌旁假装看书，但实际上一直在听我通话。

过了一会儿，门口传来泰昊短促的惊叫声。我回头一看，从门缝里竟看到安吉拉的身影，真是难以置信！我暂停预约机票，匆忙挂断电话。"安吉拉。"我喊道，然后推开泰昊，解开挂锁。如此寒冷的冬夜，安吉拉只穿着短衬衫和薄运动短裤，脚上拖着夏天的凉鞋，还没穿袜子。她一只眼睛肿得很厉害，嘴角有淤血，露在外面的手臂也被划伤，还有淤青的痕迹。安吉拉看到我后，怯声怯气地说明情况，毫无头绪，一点儿不像平时的她。

"那个，姑娘，一开始我是想坐出租车去医院来着，但是没有钱包和手机。从家里跑出来时，我拼命抓了样东西，走出来好一会儿，张开手一看，竟是这个公寓的大厅钥匙。一开始是想去酒店，哦，不，瞧我这记性，一开始我是想去医院的。真的！"

我先把安吉拉带到床边，然后去厨房烧水，还准备了冰块和干毛巾，拿出洗好的厚毛毯。在我忙碌地穿行于安吉拉和厨房之间时，突然感觉后脖颈生出一丝凉意。回头一看，发现泰昊正站在门旁，环抱着双臂，一会儿看看我，一会儿看看安吉拉。

"那女人是谁？"

我们双目对视，泰昊用韩语问我。

"朋友，friend，不知道吗？"

泰昊笑了，那声音比我听过的任何一种笑声都要冷漠。他收起笑容，走到衣柜前，神经质地拿出外套，自言自语一通。虽是自言自语，但那声音大到我都能听清。"明知我快考试了，故意这样，搞什么啊！居然让一个嗑药的女人进我家？行，还钱！还不就行了！你那点儿钱连一学期的学费都不够。"说着他拿起书包和车钥匙走出了302号房间。我感觉自己就像一台音量键坏掉的收音机，虽然以超大音量播放着歌曲，那歌词里充满了愤怒，但音响里并没有流淌出任何声音……安吉拉身上盖着毯子，眼角敷着冰毛巾，一脸不安地看着我。

"没事！"

我平静地回答，装作若无其事的样子。虽然我的心已经收好行李奔向了机场，但厨房里烧着水，而且机票还没确定日期。安吉拉喝着热水，依然咳嗽不止。我仔细打量着安吉拉手臂上是否有针头的痕迹，但很快就打消了这个念头。我坐到她身旁，"安吉拉，"叫了一声她的名字。

"安吉拉，你要不要去医院看看？这里连急用药品都没有。"

她把喝了一半的水杯递给我，摇了摇头。

"姑娘，不用担心，只要睡一觉就会好，我从小就这样。"

"就像魔术师那样？"

听我这么说，她这才露出安吉拉式的灿烂笑容。我站起来，调高取暖器的温度，给她整理一下毯子。"谢谢。"她躺着说道。"没事。"我回答。可能是因为在寒冷的天气里走了太久，她很快就睡着了。泰昊一直没有回来，黎明很是漫长。我趴在桌子上打了个盹，当我被闹钟惊醒睁开眼睛时，发现安吉拉已经走了。

＊

　　下一周的星期三，安吉拉没有来。我打算和安吉拉告别后再离开，所以预定了星期三晚上的航班，但一切成了泡影。泰昊说上午下课后，他会开车过来送我。在等他的这段时间里，我打开笔记本电脑，用谷歌地图搜索，发现这附近共有五家意大利餐厅。中午时分，我收拾好行李，独自走出泰昊的公寓。与我刚来这座城市时一样，除了一个机内行李箱，我一无所有。

　　在第三家意大利餐厅里，我闻到了一股未干的油漆味。走到柜台前，我说我是来找安吉拉的，却被告知安吉拉已经缺勤一周，不过见到了平时与安吉拉关系要好的厨房工，她叫艾兹尼。我跟艾兹尼说了我的名字，她高兴地说听安吉拉提过我，之后自然地消除了对我的戒心。从艾兹尼口中，我获得了更多关于安吉拉的信息。不，应该说除了"安吉拉"这个名字，之前我对她一无所知，现在对她算是有些了解了吧。

　　艾兹尼还告诉了我安吉拉家的地址，地址上的街道位于城市北部，那里曾是工业园区，由于制造业的衰落，大多工厂倒闭了，现在沦为"犯罪猖獗区"。我拉着行李箱，漫无目的地一路向北，一口气走了两个多小时，慢慢地，一座座破旧生锈的建筑物映入了眼帘，我似乎一下子进入一个被叫作"铁锈村庄"的老工业园区。废弃的建筑物鳞次栉比，路上几乎没有行人和车辆，这景象不禁让人背脊发凉，心生一丝阴森感。在那里，十二月阳光照射的时间也非常短暂。下午四点过后，太阳徐徐落山，我停下了脚步，茫然地凝视着眼前的风景。

晚霞中，工厂生锈的排水管和烟囱被染成金黄色。

魔幻时刻。

在那魔幻时刻，我想起了艾兹尼讲的故事。虽然安吉拉一直叫我年轻姑娘，但她实际上才二十岁出头，比我还小六岁。十五年前，离开故土阿根廷非法入境美国后，安吉拉一心寻找丢失的弟弟，为此她一直努力工作，但遇到本吉后，一切都变了。本吉虽说是个格斗选手，但实际上只是个不起眼的业余选手，在非法赌博格斗场上扮演被打的角色。这样一个以挨打为业的人，却动不动就欺负安吉拉，还抢她的钱。说到这里，艾兹尼长叹一口气。那一瞬间，我的脑海中浮现出一幅画面，在鸟笼状的格斗场里，一个黑人男子被打得汗流浃背，如一只可怜的小鸟在悲伤地哭泣。安吉拉那充满隐喻的故事就这样演绎成了一幅画面。

晚霞退去，金黄色很快变回锈色，那锈色又逐渐被依稀的黑暗所吞噬。黑暗和寒冷以相同的速度掌控着整条街。突然我产生一种异样感，低头一看，手里写有安吉拉家地址的便条不见了！顿时，一股近似于晕眩的不安感席卷而来，我怀里仿佛抱着一个即将破碎的玻璃杯。我沿着一条应该会连着车道的马路盲目地跑啊跑啊，但无论怎么走都看不到车道，只看见一家商店。

就在这时，咔嚓咔嚓，咔嚓咔嚓，一直安慰我的火车声，从远方隐约传来。我像被一条绳子牵着，寻着那声音盲目地走去。后来并没有看到火车和铁路，但看到一家餐厅在黑暗中亮着灯光。我想，餐厅里应该很暖和，也应该有电话，可以叫到出租车。我满心欢喜地走进餐厅，几个吃着汉堡或三明治的黑人看了过来。我在窗边的一个座位上坐下，向女服务员点了咖啡和贝果。透过餐厅的窗户，看到外面有个摇晃的沙袋，我想这沙袋的主人可能是个年迈的拳击选手吧，那种在退役之前从未赢过一次比赛的选手。安吉拉推开我心中的那个检票机，现在又以一个简陋而又孤独的沙袋形象入驻我的心房。

时间慢慢流逝，餐厅里越来越冷清，最终只剩下我一人。

这空空如也的西餐厅，就像列车上没有一个乘客的最后一节车厢。每当火车停下，提着行李毫不犹豫地走下火车的乘客，再也不会回来。而在这段时间里，咖啡凉了，贝果变硬了，是时候叫出租车了，我却没有去找应该在餐厅某个角落里的电话，而是从椅子旁的行李箱里拿出英洙的笔记本。经过二十多年岁月的洗礼，笔记本的灰色硬壳已薄似一层塑料，里面泛黄的纸张似乎一碰即碎。在人们相信"要赚大钱就要到外国"的时候，英洙说要去在纽约的法拉盛[1]开韩国超市的亲戚家帮忙，于是独自坐上了离开韩国的飞机。三年后，他失踪了，只有存折和简单的随身物品回到故乡。很多人表示见过他最后一面，但他们的说法截然不同。有人说，他在失踪之前经过酒吧门口，去过火车站候车室，到过商场的地下停车场，还有人说，和他打招呼他理都不理，只是低着头快速走向某个地方。我和母亲不知道该相信哪些话。

英洙留下的物品中，有一本画满涂鸦的灰色笔记本，画得十分笨拙。随着年龄的增长，我开始觉得，他画的不仅仅是几幅简单的风景画，应该还描绘了他当时的感情。英洙从未在正规机构学过英语，在纽约生活期间，他应该体会到了不会说英语也不能说母语的限制，对此他应该很绝望吧。当时，他可能需要第三种语言。在他的记忆中，

1　美国纽约皇后区境内的一个区域。

我还是个不识字的五岁孩子。他可能觉得如果画画的话，他年幼的女儿可以理解他。椅腿各不相同的椅子代表不安，被错放在食品柜台上的玩偶熊表达出孤独，装满各种形状糖果的玻璃瓶意味着思念……看着这本笔记本，我明白了：有时比起不明确的语言，形体清晰的物品似乎更能准确地表达那一瞬间的真实情感。

晚上八点一过，女服务员开始收拾，把空椅子放到了桌子上，不时向我这边瞄上几眼。我从座位上站起来，走近女服务员，小心翼翼地问道："你认识安吉拉吗?"女服务员没有作答，只是皱了皱眉，耸了耸肩。

结完账后，我从西餐厅走出来，一阵寒风吹来，寒风中充满湿气。一想到安吉拉的弟弟和我的英洙应该也在某处迎风默默前行，我就感觉不再冷了。这时，看到那个有些木讷的女服务员帮忙预约的出租车从远处缓缓驶来。咔嚓咔嚓，咔嚓咔嚓，当我把行李箱装上出租车后备箱，又听到了火车的声音。乘坐出租车去机场的路上，那洪亮的火车声一直在耳边萦绕。但我打开车窗后，那声音就消失得无影无踪。到了机场我才明白，那声音只有我能听到，是已经消失的人说出的话语。虽然是一种远方的语言，尚且无法演绎，但我却能明显感受到它给我的安慰。

*

　　泰昊最终还是没有还钱。两年后再次见到他时，他说在那座城市，我和他共用了他的公寓、食物和水电，那些费用已经抵消当初他欠我的钱。虽然他如愿获得美国大学的管理学学位，但似乎仍在找工作。我呆呆地注视着他一脸焦虑的神情，然后走出了咖啡厅。奇怪的是，我并不后悔，我所在的地方只是一个等待船只归航的空港，这已令我心满意足。起风了，我习惯性地用指尖测量着风的温度，但并不会像以前那样担心风中的寒冷和孤独。只要我的梦一直持续，终究会遇到不再孑然一身的英洙。拒绝忘记，这也许是安吉拉送给我的最后一个魔术。我相信，终有一天我也会坐上那辆火车，这种明确的信念有时会变成一盏飘浮的祈愿灯，出现在我面前。祈愿灯飘过的地方，那些消失的人的体温像灯光一样若隐若现，明灭起伏。

　　咔嚓咔嚓，咔嚓咔嚓。

　　火车继续行驶。

　　载着英洙和安吉拉的那辆火车并非只绕着那半圆状的后院转，它还围着我徘徊过的"铁锈村庄"转，还去过我一直都没去成的纽约法拉盛老胡同，以及无亲无故的亡者被埋葬的阴森公墓。另外，它还到过时而传出枪声的森严边境，也曾穿过下着暴雨、鸟儿在哭泣的黑色大地。

无论到哪里，火车的声音始终如一。

咔嚓咔嚓，咔嚓咔嚓。

那声音是每天早上唤醒我的铃声，一个梦结束之后，那梦中的故事就会漂到英洙和安吉拉的小船上，每当此时，另一种演绎就会重新开始。

与万物作别

　　有时候，我会觉得，位于地铁站角落的失物招领处——我工作的地方——是构成世界的一块标准碎片。世界由无数个类似失物招领处的碎片无限拼凑而成，虽无限庞大，却只不过是个像绗缝被[1]一样无聊的东西。只要不是穷乡僻壤，这个世界不管到哪里，都会有钱包、眼镜和书籍之类的事物，像手机、数码相机和笔记本电脑等电子产品，它们存在的地方肯定多于不存在的地方。我讨厌旅游，尽可能地在生活圈内活动，这或许也是源于成型已久的信念——所谓"世界"只不过是个囊括各种事物的集合而已。陌生城市的宾馆浴室里，肯定也会有铝材质的卷纸架和塑料皂盒。当我把这个想法说给姑妈听时，她淡悠悠

1　绗缝是用长针缝制有夹层的被子，使里面的棉絮等填充物固定的工艺，经过这种工艺缝纫过的被褥，称为绗缝被。

地回答：

"你那懒散的性格，让你解释得可真复杂啊！"

在姑妈住进疗养院约两个月后的某天，我和姑妈并排坐在疗养院的休息室里，一直坐到傍晚，聊了很多，大部分是关于徐君的。我在姑妈病了之后才知道徐君的存在，但对于我来说，比起徐君，和从前一样说说笑笑的姑妈更让我印象深刻。不管怎么看，她都不像是个病人，和疗养院那些千篇一律说话口齿不清、无法独自正常行走的老年患者相比，她是完全不同的一类人。

姑妈一开始以为自己只是简单的头痛，去医院一检查，结果被诊断为阿尔茨海默症初期。从那天起，姑妈就开始整理起周边事物：向作为教师工作了三十多年的学校递交辞呈，出售公寓，用存款和各种年金解决了自己余生在疗养院的费用问题。家具、家电、衣服和书籍等物品大部分捐赠或处理了，心爱的两只猫咪托付给了小区的宠物医院。她希望它们吃好喝好，但如果其中一只死了，另一只就进行安乐死。为此，她提前支付了一笔不菲的费用。宠物医院欣然接受了姑妈的提议。它们已是接近平均寿命的老猫了。

直到搬去疗养院的前一天，姑妈才把兄弟姐妹及其家人叫到市内一家高级餐厅，公开了这一事实。热闹的晚餐过后，大家正在吃饭后甜点水果煎饼，听到这一结果，餐厅内瞬间静了下来。姑妈十分淡然地解释，阿尔茨海默症是一种只会恶化，而无法根治的退行性疾病，因此她决定要在疗养院度过余生。虽然姑妈语气平淡，但她的这一决定和她所患的疾病名称一样，给大家带来了巨大冲击，当时姑妈才六十岁。一时间，小姑哽咽起来，而我父亲用充血的眼睛盯着姑妈，大声喊道："谁让你一直都不嫁人，连个家人都没有，只能在疗养院度过晚年！"说完冲了出去。没有一个人主动站出来说要照顾姑妈。在只有小姑抽泣声的尴尬沉默中，姑妈一言不发，茫然地望着手中捧着的茶杯。投影在茶杯上的灯光把姑妈的脸映得十分透明。那天晚上，餐厅里没有其他客人。后来我才知道，那天姑妈将整个餐厅包了下来。姑妈觉得，那天是她记忆正常、意识清晰的时光里的最后一顿晚餐，所以奢侈了一把。

那已经是五年前的事情了。

五年来，姑妈病情加重，急速衰老。掌控姑妈身体的疾病如同从吝啬的神殿派来的信使，毫无宽容可言。姑妈在护士的搀扶下走到大厅，如今的她，已和我第一次来疗养院时看到的无数老人毫无区别。全身干瘦，微妙地向里蜷曲，动作迟钝，面无表情。我站起身来，接过护士递过来的折叠式轮椅和装有一天剂量的药、尿片等物品的布包。不知何时，姑妈已走到我身边，拍着我的肩膀向我表示欢迎。这和上次有所不同。上次她眼神失焦，都没有一下认出我来，左顾右盼了好一会儿。仔细一看，发现姑妈还化了淡妆。我这才明白，原来姑妈还记得六个月前和我的约定。在姑妈废墟般的大脑中，和我的约定却奇迹般地完好无损。在那大脑中，破旧的灯泡偶尔才会亮一次，还能听到不知从何处传来的嘎吱嘎吱的声响，存放记忆之箱的多数架子也已坍塌。

*

六个月前，我曾对姑妈说，下次申请外出去清溪川转转，然后再去看看徐君。看着她格外忧郁的脸庞，我也是于心不忍才这么随口一说，没想到姑妈的表情瞬间明朗起来，向我用力点了点头。姑妈好不容易才露出一次笑容，我总不能把我说出的话当作孤儿一样弃之不管。

清溪川是姑妈从初中到大学毕业，和家人一起生活的地方。那时候的清溪川一带河沟恶臭，到处都是板房、旧书店和旧货商铺，以及无数小工厂和连牌匾都没有的破旧店面。我的爷爷，也就是姑妈的父亲变卖老家的田地上了京，在清溪川附近的平和市场胡同里开了家唱片店，这大约是在二十世纪六十年代中期。唱片店里，虽然只有摆在柜台上的唱片是正版，其他地方堆着的都是用从美军部队偷来的唱片非法复制的版本，又称备份片，但听说店面外观却是难得一见的气派。奶奶无法理解爷爷为什么放着那么多和吃喝相关的买卖不做，非要做唱片生意，因此一连病了好几个月，她无法相信对体力活儿深恶痛绝的爷爷。但不同于奶奶的顾虑，那家唱片店——以大女儿的名字取名的"泰英唱片店"经营得非常成功，足够养活一家五口。在那个年代，唱片是聆听音乐的唯一手段，留声机被刻画为富裕的象征。在我出生之前，也就是爷爷醉酒后在回家的路上因交通事故去世（爷爷搬到清溪川八街公寓的第一天晚上）之前，泰英唱片店一直小有名气，吸引了不少首尔的富家公子哥光顾。

姑妈和徐君相遇的地方，也是泰英唱片店。

徐君，姑妈如是叫他。叫一个比自己年长六岁的人为"君"，应该是一种爱的表现，比起"某某先生""前辈"等称呼，"徐君"显得更为亲切。不过，姑妈似乎从未向周围人讲过徐君的故事，我父亲或小姑好像对徐君一无所知。我是通过十多年前他在国内发表的散文才对他有了更多了解。

徐君于一九七一年来韩国，那时的徐君身心俱疲。作为旅日侨胞，国籍对他来说是一种无力反抗的暴力，同时还是他无法治愈的伤口。茫然憧憬着故国应该不会有暴力和伤痛的徐君，大学毕业后就来到首尔的 K 大学留学，攻读硕士学位。但是在祖国等着他的，是另一种痛苦。他一心想成为一名学者，并未加入任何学生组织，大部分醒着的时间都在教室和图书馆度过。但在经历着反复示威游行和停课的故国校园里，读书本身就让人产生一种巨大的负罪感。一觉醒来，会听到自己认识的同学中某某被抓走，教授们经常满脸沉郁地环顾空了一大半的教室。

那是一个暮春。专业课停课以后，徐君漫无目的地走出校园，自然而然地走向清溪川。一名工人自焚以后，清溪川成了当时学生之间谈论的话题。沿着清溪川走着，首先吸引他视线的是桥下污水中漂浮的一具尸体。尸体露着后背，是个年轻男人。尸体总是给所有活着的人带来不安和恐惧。人类的身体，一旦没了体温，就只是散发着恶臭、腐烂的肉块而已，而提醒这一事实的物理性象征，正是尸体。徐君坐在河边望着那具让他不断联想到自身死亡的尸体，就像在看一面破损的镜子。几个人聚了过来，指着桥下窃窃私语，但没有人发出悲鸣或放声痛哭。不知道过了多久，两个公务员模样的男人来到溪边，把尸体拖上岸，装上了手推车。这时徐君才清醒过来，上前询问要把尸体运到哪里去。男人们反问他为什么想知道，语气极其冷漠。徐君掏出钱包里所有现金，塞到他们手里，拜托他们给好好火化。男人们接过徐君的钱，塞到后兜，毫无诚意地点了点头，然后推着手推车走向了一个未知的地方。后来，徐君在散文中写道：不管是在遭受严刑拷问时，还是在入狱之后漫长的铁窗生活中，一想到被扔在世界中心的那具尸体，就不再感觉恐惧。总有一天，我也会以一具尸体的形态被人发现，没有面具，毫无修饰。就像一个物件，一个因设计功能出现问题而被扔到垃圾桶，最终被填埋或烧毁的物件……

夜幕降临，徐君再次来到清溪川边，继续漫无目的地走着，之后徐君驻足的地方，正是泰英唱片店门前。在这之前，徐君并不知道音乐可以发挥如此巨大的力量。当他沉迷于从尼尔·萨达卡[1]流淌至西蒙&加芬克尔[2]的旋律时，店里手拿抹布擦拭唱片、身穿校服的女高中生抬头望了他一眼。"只那一瞬间。"五年前姑妈如是说。初恋的话题虽以玩笑的方式开始，但那天的姑妈却十分真挚，甚至还有些急迫。从初遇徐君到徐君稿件的事情，又到从大田监狱

---

[1] 美国著名流行歌手、钢琴家和词曲作者。

[2] 美国著名男声双重唱组合。

原路返回，再到许久之后一通令人难以置信的电话……姑妈不停地向我诉说有关徐君的所有故事，像是要把损毁的记忆保存到一个安全的试管中。"你相信吗？"长长的故事结束之后，姑妈有气无力地问道，"虽然我这么老，又这么弱，但每当早晨醒来，我发现自己依然身在那个春夜的泰英唱片店里。"

午饭吃得有点晚。饭后，我们按照手机上谷歌地图的指引找到泰英唱片店的旧址，但那里现在已是一家连锁咖啡厅，连露天阳台上都坐满了客人。这家有三层楼的咖啡厅，如同一艘已办完乘船手续，即将驶向另一世界的巨大邮轮。"那个……"这时姑妈从轮椅上站了起来，轻轻拽着我的衣袖，低声问道：

"那个，这里是哪里，哥哥？"

姑妈大脑中的灯泡熄灭了。突然变成妹妹的姑妈望着我，一脸快要哭出来的表情，我犹豫着要不要告诉她这里是泰英唱片店的旧址。那个透明空间因时光流逝而消失不见，但因记忆而依然存在；外面起风了，吹拂着由碎片和碎片连接而成的世界表面。匆匆到达暮秋的风是干燥的，忽然间，一股异味乘着那阵干燥的秋风飘到我这边。虽然疗养院护士提醒过多次，说肯定会发生这种情况，但我还是有些惊慌失措。首先要去卫生间。我让姑妈坐回轮椅，用力推着她走向地铁站。轮椅一加速，姑妈似乎不安起来，不停地环顾四周，但我丝毫不能放慢脚步。姑妈现在无异于赤裸状态。

但是，到了地铁站女卫生间门口，再也不能往里进，我有些不知所措。看着只有女性进出的卫生间入口，又看看姑妈，我寻思要不要把母亲叫过来。这时，姑妈回头看着我，平和地问：

"这不是小焕吗？"

灯亮了。我赶紧点头，生怕那盏灯熄灭。

"天啊，怎么会……"

姑妈好像很快了解到情况，脸一下红了。她小心翼翼地从轮椅上站起来，急忙抓过我手上的布包，蹒跚地走向卫生间。我望着姑妈的背影，无聊地用指尖摩挲起兜里的烟盒。我现在很想向五年前滔滔不绝地向我讲述徐君的姑妈问一声，是否允许未来的泰英去见见徐君？我还想问她，我现在想象的这个画面——大声喊着绝对无法原谅侄子，责怪他把浑身散发着排泄物味道的自己送到徐君面前——是不是我因为过度担心而产生的幻觉……但是能判断是否允许和原谅的姑妈，只存在于封闭的过去，而不在眼前的地铁站卫生间门口。

*

　　与特殊的人有关的一系列记忆犹如一场戏剧，记忆中的场景难免会在不同于现实、刻意打造的舞台上上演。不过，记忆的主体难免会情感过剩，有时，一个看起来小小的道具也会引起无法挽回的悲剧。在姑妈有关徐君的记忆中，那份日语稿件或许就是那个道具，直到谢幕，在舞台中央一直接受高光照射的事物，饱含着姑妈对徐君的所有悔恨和思念的唯一事物……

　　那个暮春的某天之后，徐君经常去清溪川，每每散步结束后都会去泰英唱片店听听音乐，欣赏一下唱片。徐君去泰英唱片店时，姑妈不是每次都在那里，不过，他们还是经常能见到，后来两人开始聊天，对彼此慢慢有了了解。某个星期天的下午，两人还约在外面见面，一起在清溪川边散步，又到黄鹤洞露天餐厅吃面。那是他们唯一一次约会。

　　徐君在散文中写道，那时吸引他去清溪川的是那里的风景：一户人家挂在晾衣绳上的褴褛衣服；架子上随意摆放、似乎毫不知耻的色情杂志；被卖药人赤裸裸的谎话所吸引，仔细聆听的路人；以不可思议的力气，顶着比成年男人脑袋大好几倍行李的女人们；女工们毫无血色的青色嘴唇；怀中似乎藏着《劳动基准法典》和汽油的年轻工人的灰色眼眸……而如同一个巨大的点唱机一样不断流淌出美国流行音乐的泰英唱片店，除了记录发现年轻男人尸体的那天以外，在他的文章中再也没有登场。这点可以理解。因为徐君想证明的是苦难和疲惫不堪的清溪川。他写道：离开故国后，在日本媒体上持续发表了一些批判韩国政府的文章，这是他在清溪川散步时就已下定的决心，和他日后入狱并无关联……

姑妈从卫生间出来后坐上轮椅，怯生生地偷瞄了我一眼，好像有些不好意思，也像是想知道自己身上是否还有异味。我给姑妈讲起失物招领处的故事，这是她最喜欢的。在失物招领处工作，意味着要忍受时间的煎熬。人们并非定期遗失物品，有时候，一整天都不受理一件案件，所以我经常会拿来架子上的遗失物仔细观察，感觉很有意思。我推着轮椅，特意以轻快的声音娓娓道来。

"实际上，每件遗失物都有属于自己的痕迹，那些痕迹如同通向某个故事的通道，不断诱惑着我。笔记本和相机算是比较详细地记录故事的那一类；生锈的戒指、跟儿都磨坏的一只皮鞋、装在塑料袋里还贴着洗衣店标签的衬衫等，这些需要发挥一定程度的想象力才能完成一个故事。严格来说，那些故事是遗失物的使用者亲手创作的成果，丢失了主人的遗失物被放在架子的固定位置上，独自守护着过去的王国。遗失物偶尔会有发光的时候，那是在等了一年六个月的保管期后，因无人认领，在被处理之前突然发出而又瞬间消失的光芒。每当这时候，我都会陷入一种思绪：这也许是因为未归属到某个个人，而要沉没到忘却领域的遗失物向世界发出的最后遇难求救信号吧。那是一种失落的感觉。"

当我说到这里时，姑妈的脖子轻轻地弯了一下，像是睡着了。到了教保大厦地下停车场，我把睡梦中的姑妈抱到副驾驶座上，汗液从后背流了下来。睡梦中的姑妈抿了抿嘴，双肩向里缩了一下。姑妈的这副样子，在我看来，就像是个闹觉的小孩儿。姑妈的改变对我来说是否是一种痛苦？我自问。最近一两年我去疗养院探望姑妈的次数越来越少，真正原因其实并非怜悯，而是恐惧。这一点我不得不承认。我痛苦于姑妈的现在正预演着我的未来，我恐惧于已预感到总有一天我也会带着老人普遍的表情，乘上那被称为"消亡"的过山车。我把轮椅折好放在后备厢，坐上驾驶座发动了车子。我想仔细地向姑妈说明，我们现在要去见徐君，但姑妈似乎短时间内不会醒来。我依然无法确信我的选择是否正确。

*

　　那沓日语稿件是徐君在寒假前送到泰英唱片店的。他说寒假快结束时回韩国后就来取，在这期间拜托姑妈暂且保管，放在一个隐秘的地方。姑妈不假思索地接过那沓稿件。但为什么会拜托自己呢？这个疑问一直埋在姑妈内心深处。因着徐君的信任而无比欢喜的姑妈，担心会听到过于一般的回答。比如，在首尔没有认识的人，或者坐飞机时带着太累赘，等等。其实姑妈还不知道，当时徐君正摊上一桩麻烦事。徐君的一个老乡说自己没有去处，徐君便收留他住在自己的寄宿处，后来才知道那朋友和朝总联（在日朝鲜人总联合会）一直保持联系。很快，当局就下达了通缉令。那时候，加入朝总联的人等同于特务，会被处以最高刑罚。徐君考虑到这个寄宿处朋友待过，警察迟早会来搜查，于是把有可能成为问题的书籍都扔掉或烧掉了，那沓稿件估计不想处理掉才拜托姑妈代为保管。在茫茫人海中，徐君为什么会把稿件委托给唱片店老板的女儿呢？这一疑问连同稿件的内容，都成为未知的领域。他在散文集中没有提到，姑妈不懂日文，也没有想过阅读里面的内容。

　　那年冬天，姑妈收到了大学录取通知书，但她却不像其他大学新生一样轻松愉悦。她拒绝了朋友们一起去电影院或逛服装店的建议，而是代替爷爷每天守着泰英唱片店。对于姑妈来说长到腻烦的冬天结束了，时间来到第二年的三月份，徐君依然没有出现。姑妈联系不上徐君，不知道他在日本的地址，也不清楚他寄宿处的电话，能见到徐君的地方只有泰英唱片店。快开学时，姑妈身边也发生了不少事情。每当有事情，不能去唱片店时，姑妈就担心徐君去取书稿，结果白跑一趟，或者担心没有那份稿件，影响到他的学业。想到这些，她总是魂不守舍。那年三月底，姑妈拿着装有徐君稿件的资料袋找到 K 大学。那天，K 大学附近举行了示威游行，她被游行队伍推搡着，在刺鼻的烟气中左冲右撞，好不容易走到 K 大学法学院办公室时，姑妈已是蓬头垢面，平生第一次穿的连衣裙也散发出催泪液的味道。这时，从法学院办公室里走出一个和徐君年龄相仿的男子，他留心打量了一身落魄的姑妈一番。"我想他应该是助教，"姑妈说，"从系办公室出来的二十几岁的青年，还能是什么人呢？"像是在争辩一样，姑妈脸涨得通红，粗声说道。记得当时休息室里的几位老人还瞟了姑妈几眼。如今那青年的身份已无法确认，总之，当时姑妈说认识徐君，有东西要交给他。青年对姑妈很是友好，说如果可以的话，自己可以转交给徐君。姑妈对这个青年毫无戒心，爽快地把资料袋递了过去。她不想狼狈地去见徐君。

自那天后又过了半个月左右，发生了一件出人意料的事情。所有媒体大力报道了日本留学生间谍事件，间谍组织的成员中就有徐君的名字！姑妈自然而然地认为，在当时的政府看来，那份稿件具有反动的内容。另外，在法学院办公室前遇到的青年应该是个情报人员。自此，姑妈每天都活在打击和恐惧之中。把徐君委托的稿件送给情报人员的鲁莽行为，以及自己精心打扮后跑到 K 大学的天真勇气交织在一起，俨然成了不可饶恕的罪行。之后姑妈几乎不怎么去学校上课，把自己关在家里，就这么痛苦地剜去了生命中二十岁那年的春和夏。

但是，有一点姑妈还不知道，不，应该说不想知道。徐君在散文集中曾提到，他在当年二月底就已被潜伏在寄宿处附近的便衣特务逮捕。当时徐君被带到一个围着高墙的两层木房子里，在那里，徐君变成一名间谍。按照姑妈的推测，那份稿件里有反动性质的内容，流入情报人员手里后，可能会成为另一种证据。但这一切都只是猜测，而非事实。而且，他们的剧本与徐君的稿件无关，早在很久以前就已编造得天衣无缝。也许，姑妈希望那是自己的过失，所以才如此相信。哪怕是个坏角色，姑妈也想介入他的人生中。但我并不想将姑妈的一厢情愿断定为自虐式的欲望，姑妈已经够孤独了。她曾有过几个恋人，其中也有人和她走到了谈婚论嫁那一步。但不管和谁恋爱，姑妈的一天总是从透过泰英唱片店的玻璃门与徐君对视的一九七一年某个暮春的夜晚开始。一些非爱情的东西总在爱情领域之外的地方开辟一片疆土。在被叫作"徐君"的领土中央，有一座想象的法庭，这座法庭的调查官、被告和证人的角色都由姑妈担任，她就这样度过了一生。她实施拷问，然后接受拷问；在问罪的同时又进行坦白；昨天的证言，今天又全盘否定，就这么不断反复……也许那领土过于贫瘠，人们无法在那里扎根，但姑妈依然选择不离不弃。我决定让姑妈和徐君再见一次，只一次。之所以下定这样的决心，也许是因为在我看来，这仿佛是姑妈的整个人生中发出的最后一次遇难求救信号吧。沉没已然开始，舞台即将谢幕。

*

车子开进位于江北的大学医院地下停车场，在经过减速带时没有减速，颠簸了一下。姑妈被突然吓醒，慢慢坐直身子，然后用夹克衣袖擦了擦车窗。我停下车子，打开

066

车内灯，望向姑妈。姑妈的眼神看上去有些空洞，仿佛失去了时间与空间的坐标，但我感觉，姑妈现在有些忐忑不安，似乎预感到什么。我没有问她是否准备好了，只是把她错位的扣子解开后重新扣好。在我把扣子一个个扣上的时候，姑妈瘦弱的肩膀不住地抖动了好几下。

调查徐君并非一件难事，他写了不少文章，我还搜索到一些关于他的采访报道。二十六七岁时，他辗转于首尔拘留所和大田监狱。两年六个月后，他刑满释放，回到日本继续求学，毕业后成了京都某私立大学的教授，然后结婚生女，后来妻子离世。他散文集的序言里有写给妻子的献词。当我读着那些写着"深爱"与"尊敬"的句子时，感到莫名的忧伤。他再次来韩是在前年，住在首尔的独生女和韩国女婿把他接了过来，以便照顾。他患上了一种肌肉逐渐麻痹的病症。

从两个月前开始，我隔周会来这所医院一次，在他的病房外徘徊一会儿。其实我能接触到的，是一个五十多岁的朝鲜族护工。当护工提着小便桶去洗手间时，我装作其他患者家属，自然地和她攀谈起来。据护工说，徐君脖子以下身体几乎全部麻痹。病情从去年秋天开始恶化，气管已被切开，现在插了人工呼吸器。一开始在女儿家里疗养，病情恶化后，开始住院，目前已在医院住了很长一段时间。护工还讲到，医生随口提过：当年的严刑拷打给他造成严重的心理创伤，经历了漫长的潜伏期后，逐渐发展成一种致命病症，患者身体逐渐麻痹，但意识却非常清醒，所以会更加痛苦。听了这些内容，我当晚做起了噩梦，一直到凌晨。

徐君一般吃完晚饭后会出来走走，说是外出，其实只是由护工或女儿推着轮椅，载着他在大厅里转上三四圈，不过，这对徐君来说是一天中唯一的外出时间。在大厅里转上几圈后，徐君经常被推到一个大电视机前，像个木头人似的。挂号处已下班，主照明也关上了，在安静昏暗的大厅里，徐君面无表情地盯着电视。有时一直到深夜，护工或女儿也没有来接他。有几次我装作看报纸的样子坐到他身旁，想问问他："还记得张泰英吗？想见一面吗？"但每次都欲言又止。我实在无法开口。

"姑妈，徐君在上面。"

扣好最后一枚纽扣时我这样告诉她。姑妈好像听懂了我的话，喃喃道："徐君，徐君。"下车后我才发现姑妈怀里一直抱着一个购物袋，这么一想，姑妈似乎一整天都把购物袋带在身边。我没拿出轮椅，而是扶着姑妈上了通往医院大厅的电梯。电梯停下后，走进大厅，一如平时的傍晚，徐君已被推到大电视机前。

徐君轮椅旁边的塑料椅正好空着，我扶着姑妈走过去，小心翼翼地让姑妈坐下。姑妈轻轻瞟了一眼徐君，然后默默抬头看我。姑妈的表情，可以解读为"你可以退场了"的许可，也可以解读为"不要丢下我"的哀求。这次依然是由我作决定。我轻轻地放下姑妈的手，姑妈嚅动嘴唇，无声地问道："徐君?"我点了点头，然后转身离开。我在找可以藏身的地方，这时依稀散发着光芒的饮料自动售卖机映入眼帘。为了不让徐君和姑妈看到，我藏到售货机的侧面，紧紧地贴着。我茫然地凝视了一会儿半空，然后望向他们的方向，那一瞬间我过于紧张，僵硬的双腿软了下来。

那个地方，正上演着完全出乎我预料的一幕。

徐君和姑妈并排坐着，只是怔怔地盯着电视，什么都没做，他们就如同在火车上偶然坐到一起的临时乘客，所以无需交谈，也无需端详彼此的面容。不知不觉间，架子上的遗失物浮现在我的脑海。我想，也许他们也是某个世界丢失的存在吧。他们还没有表示同意，就被推到这个世界。记忆和行动自由被剥夺后，他们最终被遗弃在这个黑暗的医院大厅里。他们不能原谅那个最初遗失自己的人，那人近乎残忍的漠视、自始至终毫不负责的懒惰，以及迟迟不肯把记忆归还给他们的固执，这所有的一切都无法原谅……

就在这时，姑妈从电视上移开视线，仔细看向某处，然后突然起身，慌慌张张地走向某处。我迅速跟上，不过很快我就放慢了脚步。只见姑妈紧紧贴在一个在自动取款机前取钱的年轻男人身后，等那人转过身来，她轻轻地把怀里的购物袋递了过去。"我……"男人一脸不解地接过购物袋，姑妈吃力地开口道，"我，对不起您！"

"……"

"对不起，真对不起，一切……"

"……"

"一切，都忘了吧。"

说到这里，姑妈向男人鞠了一个九十度的躬。令人痛苦的，不是姑妈认错了人，错过了与徐君见面的最后机会，而是姑妈向错认的徐君说的几句话。对于所爱之人，姑妈永远只能是个"他者"，她那漫长的忍耐时间，仅以"对不起"和"都忘了吧"的拜托宣告终结。仅此而已。

男人一脸茫然地问："您是哪位？"姑妈只是再次向他郑重地行了注目礼，然后缓缓转过身来。慢慢穿过大厅的姑妈，看起来一身轻松，购物袋就如同她人生中唯一一件行李。不，早该如此，必须如此！我走向男人，大概说明了情况，接过购物袋，然后远远地望着姑妈。姑妈不知何时已经站在医院的玻璃门口，外面好像在下雨，投影在玻璃上的灯光晕染开来，像被浸湿了一样。对着漆黑的玻璃门，姑妈站立良久。

五年前，在被诊断为阿尔茨海默症的那天，姑妈肯定也以同样的姿势站在医院门口。"人，正如只要不停地滚动，就会一点点散开的线团。"姑妈说，她当时沉浸在这种思绪中。打开医院的门走出去，线团会以更快的速度滚动，从线团上散开的线被踩踏、被摩擦、被损伤，而后变成一抹灰尘。曾经亲密的人们、珍爱的物品、熟悉的味道都会慢慢失去，而世界也会以同样的速度忘记姑妈。某一天，当看到镜中年迈患病的女人时，也许她会莫名其妙地泪如雨下。一个真实的存在变得如此渺小，在她慢慢缩小的过程中，还在默默地做着与整个世界作别的准备，没有任何人的送别，没有温暖的告别之吻，没有一句献词……直到下午流淌至傍晚，傍晚转变到黑夜。实际上，姑妈最终都没有打开那扇门。

*

把姑妈送回疗养院，我回到失物招领处。我坐在桌旁，没有开灯，把姑妈购物袋里的东西一一掏了出来。里面放着一双男士袜子、一套洗漱用品、一条毛巾和一块毯子。多年前，姑妈去大田监狱时，准备的洗漱用品应该也是这些吧。徐君从首尔拘留所移送到大田监狱几个月后，姑妈才动身去了首尔站。在这几个月里，姑妈犹如一个幽灵，每天在两种情绪中徘徊，她一边强烈地认为自己应该向徐君坦白错误，一边又觉得徐君绝对不会原谅自己。姑妈清楚，非直系亲属不能探视违反《国家安全法》的囚犯，但她仍茫然地期待着，去了说不定就会有办法，于是坐上了去大田的火车。当时虽才九月，但监狱周围却像冬天一样寒冷。

令人惊讶的是，姑妈盲目的尝试几乎成功了。当姑妈在监狱门口请求探视时，徐君母亲正好从她身边经过。徐君入狱后，他母亲就来到韩国，一直没有回去。对徐君母亲来说，这里虽然是祖国，却没有一个亲人，她就这么孤独地照顾着入狱的儿子。看到不辞辛苦来大田探望徐君的首尔姑娘，徐君母亲自然打心眼儿里开心。然而，这欣喜很快就变成了歉意，因为徐君已经有一个交往很久的结婚对象。她与徐君一样，都是留日侨胞，在医院当护士。她代替徐君挣取结婚费用，为此在工作的医院下班后，还辗转于大阪的其他急救室做兼职。而且，她为人诚实稳重，是个少见的好女孩儿。说到这里，徐君的母亲问道："如果装成我的小女儿，可以一起去接待室，你真的愿意吗?"语气更加小心翼翼。从这个充满善意的问题中，姑妈感觉到坚实的防御网。家人，就是这个防御网的名字。

那天，姑妈将洗漱用品抱在怀中，坐上了回首尔的火车。虽然又饿又累，但她依然挺直腰杆，端正地凝视前方。姑妈想，如果说这是一种无法预料的悲伤，那么这种悲伤必定存在谬误。如果姿势不端正的话，就会被欺骗性的悲伤所蚕食。姑妈不想在与自己进行的情感游戏中败下阵来。但她没有想到的是，即便走下火车，那消耗性的游戏依然会持久地延续下去。姑妈爱着的不是徐君，而是徐君的形象。因为形象并无实体，所以不能将其撂倒扔到拳台之外。姑妈自认为葬送了徐君一段人生的毫无根据的负罪感代替了徐君本人，抓住了想要走下拳台的姑妈的后脖颈，死死地把她拖回想象中的法庭。徐君的领土就这么保留下来。一个没有国境，没有护照，又不能移民和流亡的独裁国家，一块既不美丽也从不温暖的流放地……

借着手机屏幕上发出的幽光，我把购物袋放到空箱子中，密封后，和填好的失物登记材料一起放在空隔板上。41327，这是新遗失物的编号，也是无法用时间换算的箱子内事物的等待刑期。

当我收拾好提包准备走出失物招领处时，电话铃响了。我没有拿起电话机，只是在黑暗中眨着眼睛。遗忘已久，所以像静止画面的儿时记忆，突然浮现在眼前，画面生动地变化着。那天所有的事情似乎都触手可及，逐渐鲜明起来，就像刚修好的放映机隐藏在灯后的某处一样。

应该是在某个寒假。我跟着妈妈去姑妈家玩儿。我在里屋床上躺着看书时，接了一个电话，还记得男人韩语说得不太流利，一字一顿地用力吐词，我当时还十分惊讶。他问我是不是张泰英的儿子，我正想回答"不是"时，里屋的门开了，姑妈走了进来。我把电话递给姑妈，继续看书。当我正要翻书页时，突然感觉有些奇怪，于是转身看了看姑妈，只见姑妈双手捧着电话，连连点头。"那时徐君说什么了？"五年前，在疗养院的休息室里我这么问道。姑妈害羞地微笑回答：他说拿到了学位，生了个女儿，正在准备应聘教授职位，过得充实而忙碌。然后他突然想起母亲说的话，他母亲生前好像提过我。

"委托韩国朋友好不容易才问到电话号码，仅仅只说了那些话吗？"

"他一直知道。"

"知道什么？"

"一直知道总有一天自己会和我联系。"

"……"

"那样一天来临的话，他希望我夸赞一下自己的孩子和丈夫，说说上司的坏话，唠叨一下自己的休假计划之类的日常。"

"所以您怎么回答的？"

"什么话都……"

"……"

"什么话都没说出口，只是听着。徐君说再见时我依然一言未发。"

"……"

"然后电话就挂了。就那么结束了。"

"……"

姑妈说的是事实。虽然那时我只有八岁，也能觉察出来，姑妈接电话时一直沉默不语，只是频频点头，的确有些奇怪。听筒那边男人的声音消失了，传来了嘟嘟的信号音，但姑妈却久久没有放下话筒。

我的记忆到此就断了。

但放映机在继续转动，映出当时我没看清的姑妈的脸庞。我茫然地凝视着直到现在才看清楚的脸庞，朦胧的气息瞬间笼罩了失物招领处，仿佛进入了这个时间应该已入睡的姑妈的梦乡。从某处传来嘎吱嘎吱的噪音，失物招领处的架子慢慢变软，渐渐弯曲，然后一个个坍塌下来。姑妈好像在做梦，她梦见自己可能放下购物袋，下了从大田出发经过四十五年才到达首尔的火车。我知道，姑妈丢失的购物袋只要放在失物招领处，这里就会是一个固定空间，世界上任何地方都无法代替的存在空间。同时我还明白，在构成世界的成分中，这里只不过是一个可有可无、微不足道的碎片。对此我甚是了解，这令我无限悲伤。

东柏林

亲爱的熙秀：

　　很久以前，汉娜给自己立下三条规则：不交分享秘密的朋友，不交共享未来的恋人，不信能忏悔罪恶的神。汉娜相信，只要遵守这些规则，人生就不会遭受难以忍受的背叛或感到扰乱日常的绝望。

　　我父亲——汉娜的儿子——经常说，我的祖母汉娜当年立下这三条无聊的规则，试图把一段关系扼杀在摇篮中，这和我外曾祖父的去世有着很大关联，但我认为这种推测过于单纯。我们都会经历近亲的离世，但并非每个人都会因此而将仅有的一次人生当作贫瘠的流放地。难道汉娜在某一个时期看到了人生谷底，认为未来只不过是过往的无限重复而已？就是说，她意识到人的情感和感觉毫无新意可言，希望和欲求只是一场空，最终我们不得不面对这种虚无。我想，比起外曾祖父的死亡本身，外曾祖父逐渐消瘦的那几年，更让汉娜体验到逐渐跌入冰冷谷底的过程。

直到二十二岁，汉娜基本上都按照这几项规则生活。

后来，汉娜离开故乡，到柏林艺术大学音乐学院学习作曲。在那里，她遇到了安洙·李，两人初次见面是在熙秀你的同胞某作曲家的家里。安洙·李是那位作曲家的故乡后辈，就读于柏林自由大学哲学系。那是一九六四年秋天，西柏林和东柏林之间筑起围墙的第三年，也是关于战争、屠杀和革命的传言四起的时节，那些传言就像被丢弃的明信片一样，在人们脚下绊来绊去。作曲家当时已小有名气，在欧洲多个城市上演过自己的曲子。他的曲子充满活力、自由奔放，但他本人却给人一种落寞的隐士般的印象，对此汉娜吃惊不已。从许久以前开始，汉娜就很想拜见那位作曲家，在指导教授的帮助下，终于有一天汉娜收到了作曲家的正式邀请，而那天也是安洙·李突然造访作曲家的日子。安洙·李因为想念故乡的食物而突然来访，虽然不速之客是安洙·李，但那天在餐桌上被冷落的却是汉娜。作曲家、作曲家夫人和安洙·李一直使用母语聊天，他们有说有笑，无话不谈，等意识到汉娜的存在后，气氛变得有些尴尬，然后他们就用几句德语概括一下刚才长长的对话。饭后一起喝葡萄酒时，原本愉快的餐桌氛围变得黯淡严肃起来，这是因为作曲家谈到了自己国家的总统将在十二月访问西德。在西德政府主办的韩国总统欢迎宴上，计划演奏作曲家的一首作品，作曲家对这种无可奈何的现实沮丧不已。在他们穷得需要输出矿工劳动力的祖国大地上，政治环境的恶劣程度可想而知。这些汉娜可以想象得到。"现在那里被军人掌控着。"安洙·李说着，给汉娜的空杯里倒上葡萄酒，脸上充满忧伤。

夜色渐浓，从作曲家的家里出来后，汉娜和安洙·李一起走向汉娜的寄宿处。那是九月的一个夜晚，谷物将熟，清风中散发着丰饶的气息。两人虽然偶尔聊上几句话，但大多时候都保持沉默，那是一种让人舒服的沉默。当在汉娜的寄宿处前停下脚步时，安洙·李指着天空说，真是名副其实的"月亮节"，柏林也迎来满月啦！安洙·李解释道，那天是他祖国的同胞们结束一年的农活，向月亮致谢的大节日。"竟然有'月亮节'这样的节日！"汉娜笑了，她感觉这种表达方式新鲜而有趣。他们看看天上的月亮，又看看彼此，然后自然而然地约定下次再见。

送走安洙·李后，汉娜走进寄宿处，在走向自己位于三楼的房间时，她慢慢地领悟到一些事实：安洙·李正走进自己的生活，自己开始有了想向他坦白秘密的欲望，而且，自己对于长期排斥的这种欲望竟一点都不反感……进入浴室，在盥洗台接水时她猛然抬头，只见镜中二十二岁的汉娜依然面带开心的微笑。

熙秀，汉娜在半个月前走了。

我有时会想，如果汉娜在一九六四年秋天没有遇到安洙·李，那她的余生又会如何呢？如果不是安洙·李主动走进她的流放地，成为她的朋友，汉娜之后会遇到我父亲的父亲，然后组建一个家庭吗？

我想答案是否定的。

对于汉娜来说，安洙·李并非单纯的朋友，他是赋予汉娜历史的人，而我就站在那个历史的尽头。

熙秀，去年冬天我们在柏林艺术大学举办的"德国和亚洲作家交流之夜"活动上见面时，我向你讲起汉娜和安洙·李的故事，你表现出极大的兴趣，当时我真的十分激动。当然，汉娜的去世突如其来，着实令人心痛。我似乎从第一次见面时就预感到，总有一天我会向你提出这样的请求。熙秀，如果安洙·李还活着，我想向这个因为有他才有我的安洙·李转告汉娜的死讯。一个人的一生应该尽可能有尊严、有意义地结束。我相信，当安洙·李得知汉娜的死讯并表示哀悼时，汉娜才能成为一个活着、爱过、有过伤痛史的完整存在。

在去年"交流之夜"活动中，你应该也发现了，我的身体状况不适合坐飞机。正如那时所告知的那样，我已开始接受抗癌治疗，即便剩下的几次治疗顺利结束，我的健康能否恢复也还是个未知数。我的父母不同意我寻找安洙·李，并告诉他汉娜去世的消息，他们认为这是时间和金钱上的浪费。但即便如此，我也不想向大使馆或外交部等政府机关寻求帮助。"汉娜的去世"不应该掺杂任何公务性质，应该用人与人之间的细致语言来传达。

熙秀，所以，想要找到安洙·李，需要你的帮助。正如我在"交流之夜"活动时稍微提到的，一九六七年四月，安洙·李在柏林突然消失。在他失踪两个月后，西德境内的十六名韩国留学生和矿工——包括汉娜尊敬的作曲家——被韩国派遣的特警诱骗，被迫登上飞往韩国的航班。安洙·李的失踪和韩国人被强制押送回国应该有着某种关联，虽然汉娜生前一直回避提及这一关联性。在寻找安洙·李这件事情上，这一关联性可能起到决定性作用。

想先听听你的意见。

等待你的来信！

巴尔特于柏林

我思念的巴尔特：

巴尔特，去年冬天的柏林，我当然还记得。那晚让人依依不舍的温馨氛围，以及德国作家们的真诚款待，至今依然会梦幻般地浮现在我眼前。转眼迎来了新的一年，三个季节转瞬即逝，另一个冬天又拉开了序幕，真是令人难以置信。每当有那种光阴似箭、日月如梭的感觉时，我就会产生一股想要无理取闹的冲动，觉得世上所有钟表设计得是不是比我们推测和计算的更快些。

你深爱的汉娜已经不在你身边了，首先我对此深表遗憾。就像生命通过死亡来完成一样，死亡也会在活着的人的哀悼中告一段落。从这个意义上来讲，向安洙·李——汉娜的灵魂伴侣——传达她的死讯，你的这一心情我充分理解。

但说实话，巴尔特，这一过程对汉娜来说究竟有无意义，还存在疑问。你说的一九六七年的那次事件我也有所耳闻。事实上，并非只有住在西德的韩国人被秘密逮捕，在法国、美国、奥地利的几名韩国人也在某一天突然成为"违法分子"，被强行遣送回韩国。正如安洙·李对汉娜所说，二十世纪六十年代，以及此后很长一段时间，这里一直是军人统治的国家。你理解这句话吗，巴尔特？就是说，在那个时期，法律、正义、常识在这个国家都是行不通的。当年只因访问过朝鲜驻东柏林大使馆，在国外的留学生和劳动者就被强行带回韩国进行拷问，并判处有期徒刑。这一强制行为纯粹是为了平息因政府与日本签订了不合理的《战后协定》以及执政党不正当选举而引发的舆论愤怒。这是那一时期常见的政治暴力形式之一。你推测安洙·李曾涉及此案，这一推测很有可能是事实。但值得注意的一点是，汉娜不是回避了安洙·李的失踪与该事件的关联性吗？在去年的"交流之夜"活动中，你不是也说，汉娜一生都在思念安洙·李，但她从未来韩国寻找过他。所以，巴尔特，你是不是应该重新思考一下，汉娜不得不这样做的理由是什么，即安洙·李和韩国政府是否存在合作的可能性。

况且，巴尔特，我只是个写诗的人，既不是历史学家，也不是侦探。不，从德国回来后，我还没有写过一行诗，严格说来，我算不上诗人。诗人只有在写诗时才能停驻在诗人的身份认同感中，而没有创作出作品的诗人使用的书桌，只不过是四条腿的平整木板而已。

这期间发生了很多事情。

从安洙·李生活的那个年代至今，五十多年的岁月一晃而过，但在毫无一丝暖意的灰暗现场，令人难以理解的政治暴力仍在上演。从德国回来后，我经常和同事一起走进拆迁地区或工人集会等现场，举牌示威或朗诵诗歌。一开始极其义愤填膺，但回到家后又感到无比凄寂。无力地旁观时会感到十分郁愤，但是站在街头时又深感不自在，怀疑自己的行为是否超出了自己的能力范围。我不知道作家除了作品以外，以其他渠道发声是否合适。我这样一个不太出名，也不进行作品创作的人，是否能以一个"诗人"的身份站在人们面前？对此我难以做出判断。无论是逃避现实，还是投身其中，抑或是在投身其中后，因不知所措而犹豫不决，这些在我看来，似乎都是矫揉造作。

最近我采取的方式是怀疑我的资格。我的人生中，并无什么了不起的经历，也不怎么理直气壮。试问，像我这样的人，怎能站在灰暗的街头为他人的痛苦做代言？巴尔特，通过对我自身资格的反复追问，在这个法律、正义和常识都行不通的世界上的某个地方，我建立起属于自己的"意识陷落区"，这个小坑般的地方安稳而平和，在那里什么都不做，只是静静呆坐也无妨。拖着只负责消化和排泄的内脏，摄取着刚好达到建议摄取量的碳水化合物和脂肪，同手表的秒针运动间隔是否标准等无谓的质疑进行争论……

巴尔特，抱歉没能给出你所期待的答复。我们都是写诗的人，相信你会理解我这样毫无意义的反复。依靠这种信任，我小心翼翼地回复了这封信。

熙秀于首尔

亲爱的熙秀：

熙秀，感谢你的来信。

有很多话想说给你听，上次的邮件中很多没有提到，所以这次说一说。

汉娜并非一开始就不想寻找安洙·李。安洙·李失踪三天后，给汉娜和寄宿处的房东分别写过一封信。寄给房东的信中写着"因特殊情况需紧急回国，请招其他寄宿生吧"的简短信息，而寄给汉娜的信中则写下了个人告白："在德国未能实现梦想而深感失望，打算放弃一切，返回祖国。"

汉娜不相信那封信，汉娜认识的安洙·李不是那种冷漠的人，不会留下一封信后便销声匿迹。而且他并非软弱之人，不会把博士论文答辩抛到脑后，选择逃跑。当时，安洙·李关于尼采哲学的博士论文即将写完，他为了这篇论文牺牲了什么，忍受了怎样的煎熬，汉娜比任何人都清楚。在柏林学习的五年时间里，他从未回过故乡。汉娜的直觉告诉她，安洙·李的那次回国，并非出于自愿。

汉娜找到安洙·李的朋友们，将这一令人捉摸不透的情况告诉了他们，还去警局报了失踪案。当年六月开始，西德境内的韩国留学生和矿工频繁失踪，于是她请求媒体对此进行采访报道。七月，大众媒体开始全面报道这一事件，最后政界也行动起来，西德政府向韩国政府施压，称："未经允许就逮捕居住在我国的留学生和劳动者，这一行为明显侵犯了主权。"后来，被强行带回韩国的那些人能在短则六个月、长则三年多的时间里返回学校和工作岗位，西德政府的这种强硬应对措施起到了一定作用。而在这最初的节点，有汉娜的身影。

你也知道，当时安洙·李下落不明，依然处于失踪状态。汉娜没有继续找下去，可能正如你所说是"不得已而为之"。你所担心的，我也十分怀疑的那个可能性——安洙·李可能是秘密间谍，揭发了一些出入朝鲜驻东柏林大使馆的韩国人，即使这种可能性是事实，即便汉娜也相信这一可能性因而终生痛苦不堪，但这一切也不能否认汉娜和安洙·李的感情，以及我也切身感受到的那份情感力量。我相信个人信念高于一切。况且，从目前来看，安洙·李的身份还只是一种可能性，不是吗？

当时汉娜"不得已而为之"，其实还有另外一个理由。

上次邮件中提到，汉娜小时候目睹了我外曾祖父去世的过程。我外曾祖父曾是一名记者，战争结束后被解雇的他，带着家人回到了故乡——德国南部城市弗莱堡。汉娜从还是三岁小孩的时候一直到十二岁，从未见外曾祖父外出过。别说出去了，外曾祖父醒着的大部分时间都只在书房窗户旁的安乐椅上度过，除了揪着胸口剧烈地咳嗽之外，外曾祖父几乎不活动。在汉娜的眼里，他如同椅子的一个零件。不，应该说是这个世界的风景中多余的一块拼图，这样表达似乎更为准确。十岁那年，汉娜读到了外曾祖父撰写的新闻报道。那天书房空着，汉娜走过去时，在好奇心的驱使下，她下意识打开书房的门，朝安乐椅走去。她坐在椅子上环顾四周，然后情不自禁地打开了书桌抽屉，一堆落满灰尘的报纸映入了眼帘。"就像翻纸牌一样，如果那天我没有把那张纸牌翻过来，我应该安然无恙，但当时的我根本没有想象到之后会面临的巨大痛苦。纸牌为什么那么轻呢？"一天，汉娜回忆起那天的情景，语气平静地说道。自从读了那些以激烈的论调支持战争的报道后，她就经常做噩梦。在梦里，街坊邻居和同学们尖锐的目光令她深感不适，于是她向关在大街上的玻璃监狱里的父亲破口大骂。当她从噩梦中醒来，人世沧桑，一个时代已匆匆离去……

汉娜再不能回到从前。在清晨或睡觉前，我的外曾祖父有时会把汉娜叫到书房，用沙哑的声音呢喃着"我的小姑娘，我的汉娜"，然后紧紧地拥抱她，让她喘不过气来。也是在这个时候，那持续十秒左右的拥抱变得十分可怕。汉娜不知道自己真正害怕的是被拥抱的时间，还是通过这十秒拥抱来抵抗时间的父亲。就这样，她的笑容一天天消融下去。

汉娜十二岁那年，外曾祖父最终在安乐椅上走到了生命的终结。无人哭泣的凄冷葬礼过后，汉娜迎来了月经初潮。沾有经血的内衣给汉娜带来一种奇妙的挫败感。无论在痛苦中怎么挣扎，总有人会死去，也有人会迎接新生，这样世界才会保持平衡。而经血似乎只是传达这种冰冷信息的使者。那天，汉娜脱下沾有经血的内衣，把它藏在了钢琴椅子里，然后在自己人生的周围用三个规则筑起了牢固的篱笆，悲怆地走了进去。

在得知返回德国的留学生和矿工中没有安洙·李时，汉娜可能想有意远离那次事件。另一张命运之牌摆在自己面前。拿起纸牌然后翻过来，是一件轻而易举的事情，但对于这之后所面临的痛苦，汉娜却想要逃得远远的。汉娜这一迫切的心情，又有谁能妄加判断呢?!

熙秀，希望你能重新考虑我的请求。这个故事也许会成为你新作品的主题，希望汉娜和安洙·李的历史可以给你带来一束光芒，让你从那无力的幻灭中走出来。这是我的真心。

附：你对我说"对不起"，你没有必要说对不起，熙秀。我不太喜欢"对不起"这句话，或许这句话正好可以成为你的"意识陷落区"的防御墙？

巴尔特于柏林

我思念的巴尔特：

首尔连续两天都在下雨。秋天的尽头，十一月的秋雨仿佛一个宣告消亡的里程碑，不禁让人心生凄凉。这场秋雨过后，树木会更加萧条，树林也会更加寂静。踩着飘落在湿漉漉的柏油路上的树叶，今天我去了这座城市里最大的图书馆。

"东伯林事件"。[1]

对于在德的韩国留学生和矿工被带回韩国判刑的那次事件，有人这样命名。"伯林"是按照"柏林"的日文发音标注的汉字，英文标记应该是"baeklim"。汉字"伯"既指兄弟中的老大，也指数字一百。如今在韩国几乎没有人把柏林称为"baeklim"。就像"东伯林事件"被遗忘一样，意味着"第一个树林"或"一百个树林"的柏林旧称也逐渐消失。

我在图书馆里仔细查阅了各种资料，包括记录"东伯林事件"的三本专著，两本学位论文，各种小论文、报告书，以及收录相关报道的报纸和杂志等，结果都没有找到"安洙·李"的名字。从正式发表的资料来看，他和这件事并无牵连。当然，在二十世纪六十年代的韩国，只要是为了独裁者，所有的不可能都可以变成可能，也许独裁者和军人从中做了手脚，以免安洙·李的名字记录在案。

巴尔特，我需要有关安洙·李的信息。无论是故乡

---

1 동백림사건（The East Berlin Affair），当时在韩国，把东德首都东柏林称为"东伯林"。

地址、家庭关系，还是在韩国念过的学校名称或大学时期参加过的社团，什么都可以。我想找到安洙·李，找到他，告诉他汉娜去世的消息。这是我回赠你的礼物。

熙秀于首尔

亲爱的熙秀：

首尔的雨是透明的吗？奇怪的是，我一直觉得柏林的雨是黑色的。今天细细想来，一直以来，我所看到的"baeklim"的雨是不是染上了黑色气息，是树林里散发出的黑色气息，警示人们不应遗忘历史……

收到你的回信后，今天下午我去了趟勃兰登堡门。熙秀，你知道勃兰登堡门吧？该门仿照希腊卫城的前门建造而成，自一九六一年东柏林和西柏林之间建起围墙后，这道门便成为连接东西的唯一通道。虽然不像建造隔离墙前那么自由，但得到许可的人可以通过勃兰登堡门往返于东西之间。一九六四年，在作曲家的家中初次见面的汉娜和安洙·李，相约下次一起散步的地方就是勃兰登堡门附近。

徘徊在阴雨霏霏的勃兰登堡门附近，我浮想联翩：年轻时的汉娜和安洙·李在谈什么？是否偶尔也会开怀大笑？下雨时是各自撑一把伞，还是两人共撑一把伞……那天，安洙·李对汉娜说，如果韩国也有个类似勃兰登堡门的地方的话，可以叫作"镜子之门"。一扇可以使文明倒流，颠倒了是非曲直的怪异而悲伤的门……在未经允许的情况下，朝鲜驻东柏林大使馆定期发来一些宣传册，据说看到宣传册之后，安洙·李感到非常吃惊。宣传册上详细介绍了朝鲜的经济状况，比当时的韩国更为发达。这和安洙·李等大多数韩国人所掌握的信息截然相反。许多韩国留学生和矿工穿过勃兰登堡门访问了朝鲜大使馆，除了怀有莫名的好奇心和根源上的认同感，他们还想弄清楚宣传册上的内容是否属实。但你们如古代城市的神殿般并不现实的祖国，似乎不接受年轻人单纯的想法，在那里，并没有一个如"勃兰登堡门"一样超越理念的通道。

熙秀，你现在可能正独自穿过不可能会有勃兰登堡门的"baeklim"东边树林。即便树叶在狂风中飞舞，树枝投下浓荫，只要你不停下脚步，我就会在这里永远为你加油。熙秀，不要忘记树林外也有你的同行者。

但遗憾的是，我对安洙·李的了解并不多。从汉娜那里听到过一些零星信息：他于一九四〇年出生于韩国南方城市统营市，毕业于韩国最有名的大学。如果以统营和大学的名字还找不到他的话，我会在这里想方设法收集更多的信息。熙秀，不要犹豫，告诉我即可。

对了，这里有一张汉娜和安洙·李的合影，我做成电子文件附上。照片是黑白的，年代久远，质感也不好，不过这是汉娜手中唯——张照片。不知道会不会有所帮助。

祝你好运。

巴尔特 于柏林

我思念的巴尔特：

起初感到十分茫然，我曾委托统营市政府，还找到安洙·李可能就读的大学的同学会地址录，但都没有结果。这时，我突然向自己提出一个问题：在出国留学还比较罕见的二十世纪六十年代，在德国大学准备了关于尼采的哲学博士论文的人回到韩国后会做什么呢？答案出乎意料地简单。

我开始浏览所有尚未废除哲学系的大学网站，但都没找到安洙·李的名字。后来，我阅读了一些关于尼采哲学的研究书籍，巴尔特，不要惊讶，在研究尼采的多部书籍中，我看到了安洙·李。你寄来的照片和印在书籍封面上的照片，上面的脸庞几乎一模一样，丝毫没有岁月的痕迹。他曾在多所大学的哲学系讲课，但大都没有担任任何正式职务，一直以"纯粹学者"的身份生活。他好像在很久以前改了名字，现在的名字是秀哲·李，他从安洙·李改名为秀哲·李的个中原委现在还不得而知。通过出版社，我得到他的邮箱地址，昨晚给他发了一封邮件。

巴尔特，我正在等他的回信。

等他回了信，约他见面后，我马上告诉你。你带来的好运使这一切成为可能。巴尔特，再等几天，就几天。

熙秀于首尔

亲爱的熙秀：

熙秀，回信迟了。

这几天我非常不舒服，也许是因为上次在勃兰登堡门附近散步时淋了雨。抗癌治疗过程中，由于免疫力下降，很容易患上感冒，问题是还不能随便服用感冒药。我一直陷入沉睡，像是晕过去了一样，后来睁眼一看，我竟在急诊室里。在无力的状态下打了针，服用了主治医生开的处方药后，我经常出现似乎无法再次醒来的深度睡眠症状。如果一定要解释的话，就是一种介乎生与死、记录与删除、悲伤与平静之间的睡眠。在医院住了五天，昨晚才出院，所以刚读到这封令人开心的邮件。

不知道你是否已经见过安洙·李。说实话，我有些害怕，怕他已经忘了汉娜。即使记得，那个时节的记忆，对于他来说可能有着与汉娜不同的重量和质感。我担心安洙·李和秀哲·李之间是否存在"镜子之门"一样的东西，我是不是手持一张不翻过来会更好的纸牌，在做一些无谓的坚持？

但是，无论镜子后面的真实如何，纸牌后面的暗示多么残酷，这都需要我去面对。熙秀，我也想像你一样勇敢面对，而不是逃避。

这次我把好运送送给自己。熙秀，为你送上我心中无限的友情……

巴尔特 于柏林

我思念的巴尔特：

一九六七年四月的一天，安洙·李走出宿舍，准备去图书馆，这时两名身穿西装的韩国人来到他面前。就像交往多年的老友一样，他们毫不犹豫地和安洙·李握手，并说为了犒劳辛苦的年轻留学生，韩国驻波恩大使馆特地准备了慰问宴会，邀请他去喝冰镇啤酒。安洙·李一头雾水，他从未接到过韩国大使馆的此类邀请，而且当时因准备论文神经极度敏感。于是他郑重地表明了拒绝之意，表示"感谢邀请，能否等论文评审通过后再说"。时值四月末，复活节过后，世界一片春意盎然，但那天柏林的春风中却裹挟着一丝凉意。男人们并未露出尴尬的表情或做出任何强制动作，只是很自然地将安洙·李带向停在住宅边的黑色奔驰车。"最好是现在去。"其中一个男人讥笑道。这时他才意识到所谓的宴会、啤酒并非他们的真正目的。"那是第一次机会。"安洙·李说，"我却错过了那个可以逃跑的最初机会，当年我二十七岁，那时的我还没有对抗不当行为的胆量。"

当时，西柏林就像一座岛屿，被东柏林团团包围，要去波恩必须经过东柏林，此时必须持有护照。后来他才想到自己没带护照，他盘算着在检查护照时，可以以此为借口自然地建议推迟这次异常的大使馆之行。但是，第二次机会并没有送上门来。这两个男人已经准备好了可以代替护照的文件。从西柏林到波恩的途中，奔驰没有停下，车上也没人说话。

奔驰抵达位于波恩的韩国大使馆后，安洙·李被带到大使馆阁楼的房间，而不是宴会厅。有人下令，让他给在德国可能会打听他消息的人写信，但不能透露韩国大使馆和奔驰车上同行的男人等信息。安洙·李坐在旧木桌前，给寄宿处的房东和汉娜各写了一封信。一个大使馆职员拿走写好的信件，然后在外面反锁上房门。他独自待在那间屋顶低矮、光线昏暗的房间里，反复咀嚼着在写给汉娜的信中不忍心说的那句话，迎来了黎明。巴尔特，我没问他那句话是什么。我们应该像解读那些屋顶上的星星发出的信号一样，从想象的领域来阐释那些文字里缺失的故事。你的信念也是我的，个人信念高于任何一切。世界将无法压抑我们的想象。

第二天，安洙·李再次坐上奔驰，被送到了汉堡机场。他意识到，人来人往的机场，将是自己的最后一次机会。于是，他用德语喊救命："请救命，请向德国警方举报……"但遗憾的是，当天汉堡机场里，没人倾听他的呼喊。他们只是以为这个来自东方的疯子为了接受精神治疗被遣送回国，这些人的漠不关心剥夺了安洙·李的第三次，也是最后一次机会。

抵达韩国后，安洙·李被关在地下审讯室，在那里经历了赤裸的时间。"赤裸的时间"，他这样形容。在那样的时间维度里，一个人想要隐藏的一切都被赤裸裸地揭露了，没有一丝关怀。他被吊打，被浸在水中，被电击，只能在地上爬行或流着口水像禽兽一样喘着粗气。每当受到威胁，让他在早已准备好的自述书上签字时，他就要同时承受精神上的矛盾和极度的侮辱感。隔壁房间传来的呜咽和呻吟声，在他内心最黑暗、最不安的地方形成一股股巨浪，整夜整夜地狂啸不止。

救援以意想不到的方式到来。德国留学生中，真正的告密者主动自首，他们不再需要安洙·李，于是给他塞下多种不知名称的药物后，把他关进某大学医院的病房。在这里，安洙·李的身体逐渐恢复，但精神却受到严重损伤。即使醒着也时常神志不清，毫无判断力，可能是周期性注射所致，也可能是由于病房过于封闭，窗户上都封了木板，房间内连一束光线都照不进来。除了无力地躺在床上仰视天花板外，他无所事事。"凝视日光灯时间太长的话，会看到光的颗粒四处飞散。那光散开又聚合，化作蝴蝶或鸟儿飞来飞去。有时还会变成一张人脸，正因为那张脸始终没有形成一个完整的轮廓，我才能坚持下来。这么多年过去了，现在回头想想，应该是这样的。"他说。

那年七月底，等他在"在德患病，不见好转，受一家天主教财团的帮助匆匆回国"的剧本上签完字以后，他才从医院中被释放出来。给那三个多月的时间上锁后，他走上了街头，发现自己能去的地方只有故乡。

在故乡，另一种痛苦正等着他。报纸、电视台和身边人一直对"东伯林事件"议论纷纷，安洙·李还眼睁睁地看着自己曾信任和依靠的人被逮捕并接受公审。当他在报纸上看到经常给他做热腾腾饭菜的作曲家妻子穿着囚衣被带到审判庭的场面后，他一天里有好几次都想到报社或市民团体揭露该事件，告诉他们这并非事实，完全是捏造的，但他并未付诸行动，一次都没有。比起大脑，他的身体首先想到了那"赤裸的时间"，他无法摆脱自己脆弱肉体发出的低语，那脆弱的肉体将自己的信念和思想变成苍白的文字。逃避了那个时间，他活了下来。不，他死了。

值得庆幸的是，包括西德在内的欧洲很多国家对该事件接连提出抗议和谴责，韩国政府考虑到这一点，在进行审判时，逐渐减轻嫌疑人的刑罚。一九七〇年十二月，在终审中被判处死刑或无期徒刑的最后三名嫌疑人因圣诞节特赦而最终获释。自此，"东伯林事件"宣告终结。

安洙·李没有再去德国。他没有勇气面对汉娜、作曲家和在外一起求学多年的朋友。或许，这不是勇气，而是原谅的问题。那段他无法原谅的无力时光，定会无休止地向他袭来，有时似真实，有时又似恶意的谎言。这一过程是否并非单纯的循环，而是每天都有所不同呢？他的负罪感是否会因此减轻一些呢？我放下茶杯，抬头望着他。还没等我开口，他就说道："是羞愧，是那种无法忍受的羞愧，但讽刺的是，正是这种无法忍受的羞愧让我挺了过来。"听着他的话，我脑海中形成一幅画面，画面中，是某人的一串长长的脚印，那人在自己生命的终点插上一面旗帜，感受着比昨日更加强烈的羞耻感，竭尽全力一步步走过去，如一个无欲无求的征服者一样。他走过的地方总是空荡荡的田野。走过透明的楼梯，一直延伸到天空尽头的一串脚印，就像在小水坑里（在这里我总是质疑自身资格）仰望的星座那样闪闪发光，比想象中更加明朗，更加孤独……

就是在这时，我不由得流下了眼泪。在我传达汉娜的死讯时，在他不经意间悲伤地望着我背后的虚空轻声呢喃"汉娜"时，我都没有流泪，没想到却在这一刻泪流满面，泪水啪哒啪哒地落在我紧握的拳头上。不知不觉间，他向前一步拍着我的肩膀问："没事吧？"我握着他轻拍我肩膀的手，好像又哭了一会儿。

巴尔特，安洙·李说，他将于本月内去德国，他要去汉娜的墓地正式表示哀悼。我已将你的邮箱地址和德国的电话号码告诉他。在即将到来的某一天，你不妨请安洙·李共进晚餐，问一下在勃兰登堡门前，他和汉娜以何种姿势撑伞。

巴尔特，谢谢你。

熙秀于首尔

亲爱的熙秀：

这段时间首尔是否也下雪了，从昨晚开始柏林就一直下雪，安洙·李今天早晨登上了返回韩国的航班。时隔四十五年，安洙·李再次来到德国，我很高兴能把飘雪的柏林作为礼物送给他。

你在几天前给我的邮件中提到你又开始写诗了，我不得不承认，我欣慰地开心了好一阵子。如果有一天我们再次相遇，我想和你一起走在"东伯林"的中央，用你的诗作来唱一首长长的歌谣。熙秀，那样的日子一定会到来，那首歌谣，我也将永远铭记。

巴尔特 于柏林

散步者的幸福

天气阴沉，下午还下了场雨夹雪，今天我也去散步了，散了很长时间。带着从一个月前开始就折在同一页的专业书、装有热咖啡的保温瓶，以及夹有随意切下的火腿的两片面包。对于散步的方向，从未计划过。我总是这样，只是毫无目的地漫步。

我曾说过，这座城市为散步者提供了最好的条件。走上三四个小时，就可以到市政府、博物馆和大教堂聚集的市中心，还可以到公园和公共墓地所在的城市外郊。虽然这是座小城市，但除了国际机场和出入境管理事务所之外，这里可以说应有尽有。只要避开需要随时跨越国境的职业，从出生到死亡，人们的各种需求，这座城市几乎都可以满足。偶尔会想象一下那些人，他们在这座城市的市立医院出生，在这座城市上学、工作，然后在生命即将耗尽时又回到市立医院面临生命终结。他们生命的全部，可以说只是一种穿梭于这座城市各建筑物之间的物理性移动……也许这才是这个世界的普遍生活模式吧。虽然我跨过多个国家的国境，但如今生活在这里，我的生活依然毫无新意，只不过是几种相同日常和情感的重复吧。

如果是老师的话，肯定会这样建议：做出尝试后遭遇失败所带来的虚无和不做任何尝试的固有虚无是不同的，我们应该在反复的日常和情感中，寻找自我存在的意义。老师经常这样鼓励学生，可是老师，日复一日，毫无特色可言，时间都被堆积在脑海中遗忘的角落里，连"我"这样一个存在都无法解释，每天只是散步，毫无生产性，浪费着父母的血汗钱，这样的我，怎能摆脱自我世界的樊篱而持续前进呢？就如同扔在海边的一个纸箱，随着海浪袭来，只会一点点地塌瘪而已。

老师，今天我也散了很长时间的步，依然未打开书页，也同样没有收到老师的回复。

*

从高处俯瞰凌晨的 M 市，在日光灯苍白的光线下，她感觉便利店就像一个方形的浮标，告知他人这里有一个既安全又富饶的领域。从清晨的便利店里向外望，会感觉门外的黑暗如波浪一样在荡漾，而穿过黑暗来购买香烟或矿泉水的人，很多时候看起来就如同拥有各自航线的孤独航海员。

两年前她搬到 M 市。她还记得，从决定搬家前开始，每一瞬间她都感受到了寒意和危机感，就像光脚走在结冰的江面上。她明白，不管怎样都要迈出一步，也明白前方可能很快变成一道深渊，这种清晰的意识让她感受到不安的疲惫……那个时期，不幸经常被印在各种账单和催款单上邮寄过来，在具体化为数字的不幸面前，她深感无力。从三十岁起，她开始在大学里当讲师，至今已有近二十年。这份工作丢了之后，她的收入为零，而母亲的住院费和银行债务却不断增加。即使卖掉原来住的房子和正开着的旧汽车，也是杯水车薪。最后她不得已申请了个人破产，并办理了低保户相关手续。在国家提供的低价租赁公寓入住者名单公布那天，她坐在母亲所在医院的紧急出口台阶上迎来了清晨。她想，一个世界就这么结束了。在那个世界里，仅把"不幸"当作思考真相时所需的一种观念，认为"不幸"是组成真正幸福的附属品，如今那个世界已经拉下卷门。展现在她面前的是一个全新的世界，一个必须把吃住问题托付给国家的世界，使羞耻心变成一种奢侈，连自由地表达自己的情感都不能成为最后堡垒的世界。

政府指定的租赁公寓位于 M 市。这座城市现在已具备了像样的外观，但在她刚搬来时，M 市如幽灵之家一样一片荒芜，到处被挖得坑坑洼洼，无人入住的公寓像个巨大的水泥块，人行道上散落着的破碎砖块和木块滚来滚去。当时，地铁站尚未修好，M 站的站名存在，但地铁并不在这一站停靠。每次从市里回来，她总要在 M 站的前一站下车，然后步行到 M 市。由于 M 市长期被指定为绿化地带，所以除了要开发的区域之外，很多地方都还是农田。通往 M 市的六线车道上还没有设置人行横道和红绿灯。"真奇怪。"她默默地走在汽车飞驰的六车道旁狭窄的非机动车道上喃喃道。的确是道奇怪的风景。直到 M 站的前一站，大城市的轮廓依然清晰可见，到了晚上，万物笼罩在人工灯光的照射下，而通往 M 市的路上，却是另外一番景象：草虫的鸣叫不绝于耳，谷物成熟的气息扑鼻而来。一天，她抬头仰望，一轮朦胧的月亮挂在夏天白日的天空中，如同一只从船上抛下的锚。这时她想，如果给梅琳回信，会以这样的句子开头：那条路仿佛……

"那条路仿佛在结冰的河水下，梅琳，那里总是太冷了。"

梅琳是她在大学哲学系任教的最后一学期认识的中国留学生。一般学了一两年韩语后入学的中国留学生，很难理解满是高难度单词和复杂语序的专业书籍。每当看到他们不怎么专心听课，在玩手机或闲聊时，她就失去了兴致。她对中国留学生怎么也喜欢不起来，至少是在认识梅琳之前。

梅琳则不同。不，应该说她很特别。梅琳会找来她上课时无意中提到的书籍，彻夜研读的热情令她吃惊，梅琳那似乎完全吸收了她讲课内容的聪慧眼神也给人信任感。有时下课后，梅琳还会走到整理书包的她身边，问一些只有完全理解当天课上内容后才会问出的问题，每当此时，她都无比羡慕梅琳可以成为一名学者的超凡潜力。虽然羡慕，但同时也心生怜悯。因为她知道，可能性和失败、挫折发生的概率成正比，她还清楚，有些失败和挫折并非到达其他可能性的阶梯，而是跌入深渊的直线通道。由于哲学系与其他冷门专业合并为人文系，哲学系的相关选修科目也随之被撤销，她被挤出了大学这个圈子。第二年梅琳毕业，远赴德国留学，但依然继续给她发邮件。在这期间，她和出院的母亲一起搬到 M 市，一年前，她开始在 M 市市中心的一家便利店打工，每周去三次，从午夜待到凌晨六点。有时，她会用防水塑料袋装上一些书籍和论文，然后把它们扔进可回收垃圾箱；有时，她会躺在漆黑的房间里思考着既可行又合理的死亡方法。而对于梅琳的邮件，她从未回复过。

她斜靠在便利店柜台旁，想起梅琳第一次用母语叫她"老师（lao shi）"的情景。两人熟络之后，一天她们一起到校园的后山上散步。梅琳在聊天时不小心说了母语，双颊涨得通红，但她却笑道，自己很喜欢这个称呼，以后继续这样称呼她的话，她会非常感激。她是真心的，至少对她来说，"老师（lao shi）"不具有任何等级性或威严感，是个中立的称呼。在认识梅琳的那段时间，她已预感到自己即将离开大学这座象牙塔，韩语里"教授"或"老师"这种称呼，比起以往任何时候都让她倍感负担。而且，若是静心倾听，就会觉得，音符"la"和形容风声的"shi"音如同从心底升腾出来的词语一样。

这时，一个身穿卫衣的男青年走了进来，她站直身子。是来买烟的。她从背后的香烟柜台上拿起青年要的香烟，放在条形码机上读取。在结算后还信用卡时，她与一直盯着手机的青年四目相对，男青年用充血的眼睛仔细端详着她，随即摘下帽子恭敬地打了声招呼，然后走出便利店。为了不和男青年对视，她刻意直勾勾地紧盯前方，直到听到便利店的门被关上，她才一屁股坐在没有靠背的塑料椅上。心情难以平复。她怀疑自己可能在教室里见过刚才穿卫衣的男青年，无法确认，也不想去确认，这种疑惑让她心绪不宁。

三个月前，就有这样一名顾客。一个稚气未脱、个子娇小的女顾客，手拿两罐 Cass 啤酒和一包薯片走到柜台前，正要放下，突然歪着头问道："请问您是洪美英教授吗?"她没有抬头，只是呆呆地回答："不，不是。"幸好那位顾客很快离开了便利店，没有再追问下去，但自那天起，她形成了一种条件性反射，每当看到年轻人走进来就万分紧张。"生存靠自己解决，但不要太执着于世界承认并给予优待的职业，没有必要像戴着眼罩的赛马那样在规定的赛道上奔跑。"在学期末结课时，她经常这样对学生们说。她还说，只要坚持选择不融入世俗，那么在任何形式的贫穷中都可以保持做人的品格。这么说时，她总是充满信心，并且做好了对那句话负起责任的准备。但如今，如果她还是一名教师的话，她最后能说的将是全盘否认自我、背叛信念的话语。这种话语常常在凌晨的便利店里以手的形象出现，不停地强迫她，让她坐在小丑的椅子上，把她在课堂上说过的话晾在地板上。嘲讽似的对她指指点点的粗鲁而有力的手……现在依然是凌晨。还要等上四小时十五分，才能和便利店老板换班，而这期间幻觉不会消失，将会继续折磨她。她想马上给梅琳回信。

"活着原本这么可怕吗，梅琳？"

她想这么问一问。

＊

今年的最后一天，关于"不在"，我思考良久。可能是因为我看到了象征公园的铜像被拆除后，留在原地的漆黑空白吧。我已经很久没去公园散步了。石膏支架上留下的脚印状痕迹，看起来就像因某人的疏忽而未能及时清理的灰尘堆，而非寻找消失"存在"的神秘线索。

还记得那尊老年农夫铜像吗？以前我曾提过，人们为一个连名字和生卒日期都不详的农夫而非一名英雄或著名艺术家立了铜像，这令我惊讶不已。这次我还了解到，似乎从很久以前开始，这座铜像就已是争论的对象，当地报纸定期登载要求拆除铜像的社论，听说上次在犹太人赎罪日那天，还有大学生在铜像前举牌示威。之所以发生这类大大小小的骚乱，都是因为一直以来人们都执着地记得，在某一特定历史时期，平凡农夫的单纯会是一种恶。据说，铜像建于第二次世界大战时期。那些相信土地，撒下种子，收割粮食的平凡农夫们，仅因邻居是犹太人，就选择告发他们——那些到前一天为止还互相问候的邻居——或抢夺他们手中的财产。虽然目睹了邻居中枪倒地，清晰的脸庞在大火中燃烧，但农夫们依然若无其事地去市场，烤面包，在睡觉之前亲吻自家孩子的脸颊。我的寄宿处的房东奶奶——是位俄罗斯的移民——曾经对我说过，在德国入侵俄罗斯时，她年仅十六岁的大姐入伍当护士兵，一年后战争结束，家里收到了大姐回家的通知书，全家人都去车站接她，但是谁都没认出她来，甚至连母亲也没认出来。月台上站着的不是一个十七岁的青春少女，而是一个白发苍苍，充满辛酸气息的女人。据说后来到了不再觉得白发违和的年纪，奶奶的大姐说得最多的一句话就是"万幸"。因为老了，因为逐渐健忘了，因为马上就要死了，真是万幸……如果人生是长长的圆柱体的话，对她来说，"万幸"这句话就是通过时间之网，堆积在底部被提炼多次的结晶体。这就是战争带来的残酷之处。

所以拆除铜像合情合理，可是老师，我明明清楚这点，却依然感到十分遗憾。前几天分明还能看得到，摸得着，当初我看到那双皱巴巴的手里拿的不是刀子或书本，而是犁头时，我内心受到的冲击至今依然历历在目。简直不敢相信，一夜之间，"存在"就变为"不在"。虽然这座城市的任何人都没有义务告诉我这样一个异乡人铜像将被拆除，但我依然产生了一种背叛感。也许是因为我意识到，终有一天，我再也感受不到这世上的一切，这让我深感痛苦。

"希望你们在有生之年，可以专注于活着的感觉。"

当时老师如是说，我感触良多。

上完讨论死亡主题的那节课后，我向老师倾诉了李善的突然死亡，那时老师握住我的手分明这么说过吧。老师那双连个常见的戒指都没有戴的手，一辈子都在读书写字，批阅学生的作业和试卷，上了年纪的女人的小手，似乎完全刻印在了我身体的记忆里。在失去李善后，也只有那双手一直抚慰着我那想要逃离罪恶感的胆怯想法。一个人死了，他所在的位置只剩下一片空白，连缕头发都没有，为什么我还活着？为什么还要继续活下去？这是李善的离开让我深刻思考的问题。

老师，今天，关于"不在"，我思考良久，我想，它是在这个被称为"永恒"、没有起点也无终点的线上不断明灭的小点，也代表着我在思念因凸显其不在而存在的李善。老师现在在哪里？什么样的语言在通过老师的时间呢？您幸福吗，老师？我想从老师那里听到的其实只有这些。今天，我的语言依然苍白无力。

*

　　她一直十分紧张，但幸好再也没有顾客向她彬彬有礼地问好。凌晨三点过后，顾客减少，紧张感缓解，困意也随之袭来。她坐在塑料椅上打瞌睡，这时突然被一阵手机的振动声惊醒。手机屏幕上显示是家里的电话号码。母亲做完手术，在医院住了很长时间，这之后就患上了抑郁症，会偶尔在这样的清晨突然醒来，给她打来电话。

　　她没有马上接起电话，不知何时起，母亲开始主动向她讲家乡和外婆的事。大多是母亲六七岁时在家乡经历的战争故事。母亲的故乡在山清郡，她从未去过那里，外婆在她出生之前就去世了。对她来说，那场战争就是一件客观上的悲惨事件，一种人为的产物。生病之前，母亲对家族史缄口不言，担心会带来什么不利，直到走到生命的终点，她才反复踏上回乡的旅程，回到了与外婆一起生活过的家乡。但母亲为何如此，她不得而知。

　　她犹豫了一下，按下了通话键，"我还有话没说。"母亲立马打开了话匣子，像是一直在等着似的，声音充满焦虑。

　　"你一定要听。我不是说嘛，那时候呀，我们村很多青年和警察成群结队来杀人。"

她紧紧地闭上了眼睛。母亲接下来会说什么，她一清二楚，这已是老生常谈。

"其实我父亲，也就是你外公那时也去世了，说是立即处决还是什么来着。还没来得及给父亲下葬，母亲就拉着我连夜去了住在山那边的我舅舅家。当时是隆冬，一路上看到狗在吃尸体，人们又在吃狗。虽然母亲和我没有说什么，但我们都知道父亲也成了狗的食物。到了舅舅家，我把手脚冻得生疼的事情忘得一干二净，一心只想着吃饭，那时已经饿了三天。不近人情的舅妈只给做了一碗汤饭，我狼吞虎咽地全吃了，都没想着让母亲吃点。谁承想却吃坏了肚子，凌晨的时候都吐了。因为觉得可惜，我哭了，妈妈也哭了。妈妈，我妈妈是什么人，美英啊，你知道吗？"

母亲急切地问道，但她无话可说。"别说了，快睡吧。"有时她好不容易说出这么一句，这时母亲就开始抽泣。每当母亲哭泣时，她总感觉自己是个罪人，这种情绪挥之不去。不能奢求赎罪和救赎，生前就已注定的罪人……

她把手机放在柜台上，静静地等待母亲挂断电话。

累了。

自从母亲的前额叶诊断出肿瘤后，她慢慢开始感觉累了。想到不远的将来，自己将要面临母亲的去世，一股巨大的孤独感涌上心头，仿佛独自站在大雪纷飞的空旷田野上。但想象中的孤独最终还是没有战胜现实中的疲惫。疲惫丝毫没有减轻。早上一觉醒来，和昨天同样大小同样质量的疲惫再次来袭。她想，这是一种接近死亡的疲惫。

她一度被死亡所迷惑，她仰慕的哲学家都乐于对向死而生的存在进行反思省察。读着他们的书，她度过了年轻岁月，也像他们一样向着未来的死亡，坚强地活在当下。对她来说，死亡并非一个具体的终结过程，而是一个存在不断完善自我，重新思考成熟意义的抽象过程。

"不，死亡就像餐桌上一个无人来访的空位置一样，伸出双手再也触摸不到，再也不能面对面笑着畅谈了。就这样结束了。完了。一无所有，无法挽回，您能理解吗?"

某天下课后，在空荡荡的教室里，梅琳握紧小拳头哭着抗议道。那天她第一次把梅琳当作一个个体来看待。在一群学生中，把某个学生视为一个个体的情况并不常见。不，这或许是她唯一的一次经历。身体微微颤抖的梅琳，痛哭了一场后，谈起了自己最近经历的一次死亡。李善，梅琳的韩国朋友，年仅二十三岁就选择自我了结……如果知道了他人特有的痛苦，就会产生一种悲伤，而这种悲伤最终会成为一种自我安慰的工具。那时，她已看出哲学系即将消失的迹象，不得不眼睁睁地看着自己仰慕的哲学家的书籍被搬到图书馆角落里，这时梅琳因失去朋友而深陷痛苦的脸庞，对她来说，就像被遗弃在世界尽头的一面镜子。她感受到一丝同质感。不，应该说她想感受那种感觉。她相信被厄运夺走唯一宇宙的不止她一个人，这是人类共同面临的问题，这么一想，她感受到一丝安慰。

她需要梅琳。

凌晨四点，头班公交车发车时间一过，便利店的开门频率愈加频繁。大部分顾客都是在天亮前赶到 M 市的施工现场、大厦卫生间或饭店厨房上班的人。这些年老而贫穷的劳动者，在上班路上购买的大多是方便面或袋装面包之类的食品，其中一些人会站在便利店内的简易餐桌前吃一顿并不丰盛的早餐。便利店内很快弥漫着一股廉价食品散发出的人工味道，这是唤醒饥饿感的味道。顾客一阵进进出出，等闲下来后，她从冰箱里取出一个过期不能出售的三角紫菜包饭。她小口嚼着每一颗饭粒里都掺有凉意的三角紫菜包饭，这时，她感觉很久以前母亲在亲戚家连嚼都没嚼直接吞下汤饭的剪影，和现在的自己轻轻地重叠在一起。就像两张飘动的纸页一样，母亲的过去和自己的现在连接起来。一个时期就这么结束了，她想。

＊

　　新的一年里，第一场雪到来的那天，在通往大教堂的桥上，我看到一个青年靠着栏杆坐在地上读书，他手里捧着柏拉图的《飨宴篇》。趴在青年身边的白毛大狗看起来有些病恹恹的，青年褴褛的衣衫、应该已经很久没有打理的胡子和头发，这些都证明了他长期过着露宿生活。但如果没有看到放在他面前的小篮子，可能会以为他是一名崇尚自由、热爱嬉皮士生活的大学生。篮子里装着几枚硬币，搭眼一看，也能看出这些硬币似乎不能保证他吃上一顿饱饭。停下脚步，我仔细观察，才发现青年粗劣的生活状况：露出一块毯子的背包，背包上挂着的杯子、勺子、几本书和一个便携式枕头。也就是说青年坐的地方就是他的家，不属于任何建筑，既无屋顶，也无窗户，铺展在街道上的人生一部分……

　　我一直在青年周围徘徊。青年不时吐出白色的气息，剧烈咳嗽着。每当这时，他就弯下腰把脸埋在那只大狗的脖颈里，嘴里念念有词。可能感觉到了我的目光，他抬起头看着我，然后向我招了招手。但我犹豫了，因为我知道，走进青年的家，就如同越过无形的边界，进入一个被无视和冷待的领域。桥上的行人要么假装没看见青年，要么心怀敌意地看着他。一个老太太慢吞吞地走过大桥，手里推着一个空婴儿车。她对着青年低声咒骂几句，然后画了个大大的十字走了过去。

事实上，这是最近经常可以看到的场面。

震惊德国的移民和难民集体性侵事件在不久前被曝光，上周六这座小城也举行了反对难民入境和定居的街头游行活动。虽然是和平游行，但游行结束后，没有散去的极右分子破坏了街道上的汽车玻璃和消防栓。直到深夜，窗外依然混乱不堪，警车的警笛声和人们的喊叫声不绝于耳。第二天早上，街上到处散落着空酒瓶和撕碎的旗子。那天，长相和卢卡斯（读《飨宴篇》的青年的名字）相似的人们应该锁上了门窗，放下了窗帘，屏住呼吸，以免被人发现。因为这天正是那些人统治街道的日子，他们迫切等待一个导火线，渴望着想象中不断扩大的恐惧和潜在的暴力有一个发泄的契机。

犹豫片刻，我走了过去，青年递给我一小块巧克力，面带微笑，就像对待一个孩子那样心满意足地笑了。我指着他的《飨宴篇》说我也读过，他似乎十分惊讶。当我告诉他我已经二十六岁，正在该市的大学攻读哲学专业的硕士学位时，他多次确认，问道："真的吗?"他以为我顶多是个青春期的女孩儿。不知不觉间，我已在他身边蹲下。

我们轮流抚摸着他的汉斯（大狗的名字）聊了起来。卢卡斯是库尔德人后裔，但他出生在德国，迄今为止从未出过德国国境。他持有德国政府签发的合法身份证，母语是德语，曾在一家德国公司就职，"但一切都只是暂时的，"他说，"就像在大楼的紧急出口的台阶上，透过一扇小窗仰望的云朵……"

"……那种短暂性。"沉默片刻后，卢卡斯强调似的补充道。接着他问："你有钱吗？"我点点头，他说需要干净的水，于是我去附近的商店买来矿泉水递给他。他随手把矿泉水倒在背包上的杯子里，先给了汉斯，直到汉斯充分润完嗓子后，他才慢慢喝下了杯中剩下的水。

我不能长时间待在他家里。随着太阳下山，天空再次飘起了雪花，但更大的原因在于我的脆弱，我想逃离被无视和冷待的领域。简短告别后，走出几步，我轻轻回头，只见卢卡斯又在读《飨宴篇》。已经读了几十遍，书页都已破损，是他所居住的另一个家……在远古时代，男人和女人、女人和女人、男人和男人原本都是一体。我记得在《飨宴篇》的某一页读过这样的句子。我更加羡慕他们。因为在太古之初，人类没有种族、国家和宗教之分，他们之间只有无限的爱。只要伸手就能触摸到身边恋人的短暂距离，简单可触，也许幸福仅此而已。站在桥头，静静地望着人类以智慧和能力建造的大教堂十字架。我想，在严冬的高空中，俯视大地的上帝之眼，应该呈模糊的灰色，而且带有一丝冷漠的悲伤。

老师离开学校的消息，我已经听说了，其实很久以前就听说了。我无法想象老师不在教室，而在其他地方的样子，因为无法想象，所以不敢贸然担心。除了等待回信之外，我束手无策。经过大教堂时，我将一直拿在手中的小巧克力放进嘴里，久久地回味着甜丝丝的味道。"希望你们在有生之年，可以专注于活着的感觉。"在那一瞬间，老师的这句话，就像一个破壳而出的弱小生命，在我内心深处睁开眼睛，长出羽毛。每次想起都会觉得十分惊艳的这句话，老师，我从未忘记。

*

便利店老板今天也准时在五点五十五分进店，他的身体里像是装了个钟表，上班时间毫无误差。即使以一年为周期，其准确度也同样如此。在过去的一年，每天早上六点到下午两点，他守在便利店的柜台前。一个没有纪念日的人，她曾这样定义他。要是几年前认识他，她对他不会有丁点儿兴趣。一个没有纪念日的人，只对可以节省给钟点工的工资感到满足的人，想到这些，就会感觉非常无趣。长期以来，她一直认为，服从惯性和习惯的生活，是一种不懂生活真谛、只看表面的虚假生活方式。

他来换班了，穿着印有便利店标志的草绿色马甲，如往常一样，他没有问好，直接问"昨天晚上的顾客多吗"。她回答和平时差不多，然后拿起外套和皮包。他扫视着清晨的售货小票，猛然抬头，看着仍然站在原地的她。她下意识地笑了。他现在独自生活，妻子已去世，长大成人的儿子也已在美国结婚。得知他的情况后，她开始暗暗贪恋他的庇护，他那舒适的床铺和自足的餐桌。虽然这种把自己的吃住等问题托付给个人而非国家的欲望比较陌生，但并不像想象中那般丑陋。清楚这是一种自欺行为，所以无须感到痛苦，也许正是靠着这种平和的心态，才能熬过今天，收获幸福。她很想在一个安全丰饶的方块里好好休息。

"去休息吧。对了……"

他说道，似乎读懂了她的想法。可是在那声音里，并没有她期待的温度。"上次约好一起吃饭，是吧？最近真是太忙了，咱们下个月再约吧。"

她想说没关系，不吃饭也没关系，但他已经把视线转到发票上。她走得很慢，但回过神来时，发现自己已经走出便利店，站在大街上了。没有悲伤和悔恨的寒酸爱情掠过，作为一名领取基本生活保障金的低收入者，她的一天又重新开始了。

她掖了掖外套的前襟，穿过人行横道，走过医院和公寓、学校和政府机关，以及商业办公室建筑群和教堂。在M市也有这种如同展现某人人生的街道。不管她愿意与否，她感觉自己正经历无数人生，这种想法使她产生了另一种层面的疲劳。她匆匆拐进胡同。胡同连绵不绝，不见尽头。

距离市中心越远，面临拆除的旧居民楼以及小卖铺、理发店、精肉店等小商店就越集中，这些构成了一道独特风景。另外，靠在倒塌的墙壁上的生锈自行车、拐角处裂开的垃圾袋和随意丢弃的衣物等，这些远离人们关心的事物，也属于这道风景的一部分。再过两年，公寓园区和连锁商店会纷纷落户于这些胡同。就像每天都在长高的少年一样一夜之间耸立而起的建筑物，无不隐藏着M市靠里的区域正走向消亡的老人面孔。对此，她总感觉很是新奇。

风很凉。

在经过还没有开门的小吃店时，从背后传来了铁器拖地的尖锐声音，她紧抓包的肩带，忐忑不安地慢慢回头看了一眼，只见一只不知品种的黑色大狗拖着一根银色铁链正四处转悠，可能有人一早出来遛狗，狗链不小心开了。"狗吃尸体，人们吃狗……"就像为了在这一瞬间想起母亲的话一样，调好的定时器启动了。大狗似乎对她并不感兴趣，只是嗅来嗅去，四处探索，但她却无法从大狗身上收回视线。这只狗体态轻盈，肌肉发达，但它的颈部和后腿上却留有血迹。也许是感觉到她在紧张地盯着自己，那只狗竖起耳朵看向她。在坚不可摧的寂静中，她和大狗视线交会，狗开始咆哮，流着口水，露出牙齿，还摇起尾巴。她转过身，快步走起来，不知不觉间她拼命跑了起来。背后铁器的摩擦声越来越近，那只狗紧跟其后，但因为滑落的包和鞋底磨破的运动鞋，她无法像想象中跑得那么快，这让她焦急万分。走到胡同的尽头，她看到公寓小区的入口。进入公寓小区后就会有警卫室，也许警卫室里会有人帮着赶走这只狗。她在远处看到了亮灯的警卫室，但她依然盯着前方继续奔跑，与公寓小区入口渐行渐远，因为那里并不是她住的公寓，也不是其他独居老人、残疾人和低保户居住的租赁公寓。她不想被拒绝，不想再眼睁睁地看着世界在自己面前放下卷帘门。每当踩到松开的鞋带，她总是踉跄一下，但她始终没有停下来。跑到上坡路时，迎面看见一辆轿车驶来。这时她才扑通一声坐下来，捡起地上的一块石头，紧紧抓在手中。轿车慌忙刹车，响起鸣笛声，后面传来狗的狂叫声。她缓了一下，费力站起来，转过身去，用力把手里的石头扔了出去。

狗不见了。

也不见人影。从半空中落下的石头在地上骨碌碌滚远。汽车再次发出鸣笛声从她身边开过。累了。她继续走着，每次走到岔路口，她都要选择一条不知尽头的路。

"想活着。"

站在一条不知通向何方的路中央，她自言自语道。迫切地……

"迫切地想活着。"

"梅琳。"她呜咽道。

*

今天是春节，用面粉做了饺子皮，再放入剁碎的猪肉、卷心菜和韭菜包了饺子。如果再有香菇和料酒之类的话，会更好吃，但在这里很难买到。我给寄宿处的房东奶奶送了一盘，奶奶说正好准备的面包和咖啡都够，提议一起吃饭。

这是第一次和奶奶坐在一起吃饭。我快喝完咖啡时，问起奶奶当过护士兵的大姐近况，原本嚼着饺子的奶奶停了下来，诧异地看着我说："如果她还活着，都得九十多岁了，身体那么虚弱，怎么能活到现在！大姐已经去世二十多年了。"我有些不知所措，连忙说"非常遗憾"，还说："我会为奶奶的大姐祈祷。"奶奶又给我倒了杯咖啡，淡淡地说道：

"你还是个孩子，还不知道，活的时间长了，死亡就不再是遗憾，更不是一种悲伤。我的葬礼对我来说，是最后一次派对了。现在，我希望的就是在最后一次派对上不被人说坏话。"

我不知道该说些什么，只是静静地看着奶奶。"你也来参加我的葬礼好吗？"她问。我不由得点了点头，奶奶爽朗地笑着把剩下的饺子都吃了。

老师，死亡是个过程，安然地等待自己最后一次派对的奶奶，也会像拥抱即将孵化的蛋一样拥抱着这句话吗？随着年纪的增长，我是否也可以毫无遗憾、毫不悲伤地迎接死亡呢？当我拿着空盘子走下黑暗而狭窄的楼梯时，那些从未真切地体验过的情感又一次涌上心头，我继而陷入了无力的绝望中。知道吗，老师？每当我想起李善，发现她身边总会有老师。你们两人并排站在一起，但从不对视，只是眺望着远处我发送的间歇性闪烁信息。

三年前的李善也和老师一样，不回复我的短信，也不接电话，到了她家附近也不出来见我。见面时她亲切地倾听我的心声，但转过身去，看她的表情，她就像是世界上最寒冷的人，这点你们也非常相似。其实我讨厌李善，我们曾经几乎是彼此唯一的朋友，但在某一瞬间，我却突然被冷落、被抛弃，这让我难以接受。李善死后，那种讨厌完全变成了一种罪恶感。不是单纯的愧疚感，而是一种融化骨头和血肉的绝望的愧疚感，一种没有伤口的疼痛。

　　我很害怕。即使没有收到老师的回复，但多年来我坚持给老师发邮件，回头想想，这都是因为害怕，我害怕自己会承受另一种"不在"，担心被这种无可奈何的"不在"所蚕食，我抛出整个身体，却连个障碍物都触碰不到。所以我担心的，不是老师，而是我可能会面临的假想痛苦。

　　我还活着。

　　我活着，正专注于活着的感觉。

　　今晚我想说的就是这些，老师……

走好，姐姐

下午一点，洛杉矶开往旧金山的灰狗长途巴士终于启动了。

汽车开了没多久，我从包中拿出车学庆的《DICTEE》，随手翻到一页。不知是巴士在移动，还是阴天的缘故，字体看起来皱巴巴的，像是被碾碎了。不，也许是因为陌生的激动感令我无法聚精会神。今年夏天，我从网上偶然看到一条信息，加州大学伯克利分校图书馆设立了"车学庆档案馆"，此后，我就一直期待着这一时刻的到来。

实在读不进去，于是我把视线移向窗外。我想，长途巴士的魅力之一在于，移动期间可以享受到座位大小的孤独感。除了目的地相同，在彼此一无所知的乘客当中，人们不得不完全独自消磨被给予的时间，从某种意义上来说，这不正与我们的生活状态相似吗？当然，也许只有像我这种有飞行恐惧症的人，才会将此视为一种魅力吧。

五年前，曾和丈夫一同乘坐飞机去纽约参加朋友的婚礼，飞行中，我突然感到呼吸有些困难，身体极其痛苦——当时，丈夫连人工呼吸都试过了——自此，我成了一个不爱旅行的人。你也知道，在美国这样一个地域广阔的国家，乘坐公共汽车或火车能到达的地方非常有限。这不是恐高症，因为在高层建筑或瞭望台上，我从未有过异常反应。这也并非身体上的原因，在医院诊疗时，医生并未给出有效的治疗方法，只是安慰说这属于心理问题，建议坐飞机时不要紧张，让自己放松下来。

当我向别人解释，无法一同参加那些只能乘坐飞机出行的旅行或聚会时，多数人会觉得我的恐惧症只是一种凭空臆想出来的心理疾病，或是巧妙的情感障眼法。每当此时，我一般都会选择沉默，而不是反驳。如果是你，能否听到我沉默中的心声呢？假如我有一千条舌头，我想倾尽所有来倾诉的欲望，你能觉察到吗？无疑起初你会哑然失笑，心想，我们曾经习以为常的飞机，你竟然会害怕！真是难以理解。

我依然记得。

我和你一起走着，走向我们能去的最远地方，也就是能看见车辆通行的八车道公路。晚饭前或晚饭后，如同被不太密实的大网过滤过一样，大块大块的黑暗飘浮在空中。我们经常手牵着手，一直往前走，从不松开。在这段并不漫长的散步中，你多次停下帮我重新扣好纽扣，或提上我滑落的袜子。你还经常一脸担忧地问："没事吧?""能喘得过来气吗?""还能再走一会儿吗?"每当此时，总有架一节手指大小的飞机划过云层，飞过我们头顶。

在金浦机场还是韩国最大的国际机场时，在金浦和首尔之间的那个村子里，飞机就像水壶或玻璃杯那种日常物品一样随处可见。飞机飞得很低，甚至能看见航空公司的名字或标志，到了晚上，一闪一闪的，比任何星星都要闪亮。早晨醒来，当我下意识地走向洗手间时，或坐在客厅窗边读着童话书等你放学时，抑或是半夜尿湿被子后醒来大哭时，那些飞机就如日常风景的一部分，经常发着嗡嗡的噪声，从头顶上空飞过。那时，我一直以为任何地方都可以看到空中的飞机，我还不知道，离机场越远飞机就飞得越高，高到一定程度，就会淡出人们的视线，轰鸣声也会听不到。因为我在那个村子出生，在那里生活了五年多，几乎没去过其他城市或地区。为了看病，偶尔会坐车到很远的地方，但那时没有心情抬头仰望蓝天。即使视线望向天空，那也是因为医院那个空间让人过于紧张压抑，而非有意识地寻找飞机。

我生来心脏比别人脆弱，这样的小女儿连出个门都令父母担心，他们允许我去的世界尽头就是那条八车道公路。横跨公路，连接数十级陡峭台阶的天桥，有时看上去就像一座为阻止通行而守在那里的笨重象征性雕塑。

　　在回家的路上，你经常背着我。你虽然比我大九岁，但那时你也只是个孩子。胸部扁平，耳背上还长着绒毛。你的后背很窄，有些硬实的骨头摸起来非常细腻。我侧着脸贴在你背上，喃喃地说着幼儿园的事情，有时候是动物园或游乐场。我经常缠着你："我想去，只要你带我去，我保证会平安回来。"每次我都是出于真心。在那一瞬间，所有的渴望是那么迫切，也都曾是我生命的全部。你从来不说不可以或让我放弃的话。现在回想起来，你总是如此。

　　"好的，知道了。"

　　"我跟妈妈说说。"

　　"再稍等等。嗯?"

　　你总是这么说。离家越来越近，为了调整背上的我，你总是走走停停，但我的身体往下滑的间隔越来越短。你的身体被汗水浸湿了，呼吸也越来越重。即便如此，我也不说一句"放我下来"，反而希望回家的路可以无限延长，期待我们离家更远，然后在某一瞬间消失不见，有时……

我们的旅行似乎永无尽头。[1]

也许读到这句话时，这次旅行已经开始。那些像你我一样，背着，被背着，走向某处的人们，他们的故事在我生命边缘悠悠荡漾，让我回想起那段无法回首的过往。所以，现在的我并非孤单一人，而是和你一起，共同完成我们曾中断的旅行。我如是相信。

*

巴士在美国西部高速公路上已行驶三个小时。

洛杉矶和旧金山虽属同一个州，但距离并不近，坐巴士需七个多小时才能到达。对于我——一个定期服用五种以上药物，过度兴奋或疲劳的话，因呼吸困难而休克死亡的概率比普通人高出十二倍的人——来说，这样一段路程，无疑并不轻松。而且我生性敏感，在陌生的地方睡不安稳。即便是短程旅行，靠打盹来支撑的话，体力也会很快消耗殆尽，这样的旅行于我，无疑是一次流放。现在，我感觉不到一丝疲惫。稀稀拉拉坐着的几名乘客大多睡着了，而我的头脑却越来越清醒。

1　仿宋部分摘自作品《观众的梦想：车学庆 1951-1982》（康斯坦斯·M. 勒瓦伦编，金贤珠译，NOONBIT 出版社，2003）中车学庆的妹妹车学恩写的信件。

这次去其他城市旅行，还是五年来的第一次。

朋友J辞职后，才开始学习她长久以来一直心心念念的电影。去年夏天，她给我寄来了车学庆的作品《DICTEE》。在一同寄来的明信片中，她写道："本书对你，一位定居美国的移民女性来说，应该具有特别的意义。其实……"J接着写道，"其实，很久以前就想给你介绍这本书，但一直没有付诸行动。你能理解吧?"J的犹豫和苦恼如实地传达给了我，我仿佛能触摸得到。对于明信片上的提问，我频频点头。车学庆，《DICTEE》的作者，还是一位行为艺术家兼装置艺术家，同时也活跃在电影及绘画领域。一九八二年，她还没来得及展现其无限的才能，就在纽约被一名建筑管理人残忍杀害。那一年，她三十一岁。心思缜密、行事谨慎的J，大概因为这一点，即车学庆的突然死亡，才迟迟没有向我推荐这本书吧。

总之，《DICTEE》是一部极具美感的优秀作品，被誉为"生动的纪实小说""后现代主义文学的精髓""独具特色的移民散文"……该书的章节按照希腊神话中九位缪斯女神的名字及每位缪斯负责的艺术领域来划分，根据章节内容变换人物形象、故事背景和文体，这一点极具独创性，更令人惊叹的是其丰富的主题。这本书虽不厚实，但涵盖了以历史、语言、女性等为主题的多个故事，文中深刻的反思和内省，难以用几行文字来概括。车学庆十二岁移民美国，之后只访问过韩国两次，但在解释韩国历史时，她的视线却饱含细腻的温情。另外，在表达移民女性这一美国弱势群体的语言苦痛和沟通障碍方面，她运用了实验性技法和创意性文体。我瞬间就被车学庆的文字吸引。正如 J 所担心的那样，车学庆的去世让我想起了未被遗忘——从未被遗忘——的记忆。所以，有时读着读着，我经常会躲到无人的地方，独自黯然神伤，但我依然无法抑制对几乎是她唯一一部艺术作品《DICTEE》的喜爱，我想更深入地了解她。

就这样，我读到一封信，里面的所有句子，还有她的故事……

假如没有读过车学庆妹妹写给英年早逝的姐姐的这封信，我想，我肯定不会计划这次注定会让身边人担心不已的旅程，也不会尝试摆脱家庭和职场两点一线的忙碌生活，不会认为自己可以忍受远离亲密的人和风景的几天时间。但是……但是，在这样的句子面前，我一次次地放下防线。

直到今天，

不管我说什么，

不管我表达什么，

我都是在谈论你，你的想法，你的话语，你的行动和你的愿望。

我一遍遍读着她的信，某一刻我突然明白，多年以来，我已经忘记了你，你的想法，你的话语，你的行动和你的愿望。这一想法突然却又冷静地……很快，对你难以置信的漠不关心让我深深自责，继而感到巨大的痛苦。

*

下午五点三十分，巴士在一家兼营加油站的自助餐厅前停了下来。驾驶座上传来司机的声音："大家有二十五分钟的休息时间，可以去趟洗手间，吃顿晚饭。"睡眼惺忪的乘客陆续从座位上站起来，我也从包里掏出钱包，跟着其他乘客下了巴士。

走下巴士，十一月的凉风迎面扑来，自助餐厅内的幽暗灯光淡淡地扩散到潮湿的空气中。穿过黑暗，快步走进自助餐厅，买了咖啡和甜甜圈，出来时空中飘起雨点，滴滴答答地落在鼻梁上。

记忆中的记忆快浮现出来吧。

有些句子，像咒语一样引导着我们。现在的我如同坐上名为"句子"的小船，漂向那些记忆中的记忆，记忆中的其他记忆，悠然地漂向记忆的正中央。只要是关于你的记忆，我总是很快主动举手投降。

那是秋天的一个深夜。从开着的门缝里，我看到淋得湿漉漉的你。从你的头发、夹克和牛仔裤上滴落下来的圆而透明的雨滴，你紧握的拳头，你呼吸时静静地上下起伏的胸部……我偷偷地望着你，没有漏掉一个细节。在大雨中一直徘徊到午夜的你，在苦恼些什么？答案不难猜出。但难的是承认在你应该选择放弃什么的天平上，放着一个我。那天，说不定是你为了离开我而做的练习。

当时你上高中，我还是个八岁小鬼，因家人没和我商量就延迟我的入学时间而生闷气，整天嘟着小嘴闹脾气。我们不再住在那个飞机飞得很低的村子，搬到了首尔东北部，在那个小区里可以看到多处韩屋[1]，附近还有一条小溪流淌。那时，你想正式学习绘画，还说希望考绘画专业，毕业后出国留学。你说，不能想象那种没有绘画的人生，你认为不用来绘画的手就跟没有一样。然而，父母却以各自不同的方式反对你的梦想。父亲把你从弘益大学和仁寺洞画坊以低价淘来的画具扔到院子里，母亲面对要美术补习班报名费的你，始终一言不发。吃着饭用力扔下碗

1　在韩国，韩屋是一种传统的用树木、泥、石、稻草、瓦和纸建成的亲近自然的房屋。

筷消失不见的父亲，只会一味说抱歉的母亲，你和父亲之间的漫长争吵，吵架后整个家弥漫的阴郁沉默……我虽然年幼，但什么都懂，那都是因为我。我去医院检查，接受治疗，做手术，光这些就已让这个家摇摇欲坠。从未享受过富足生活的父母，要求相对健康的你做出牺牲。

你第一次也是最后一次离家出走的那天，你和父亲也大吵一架。父亲强迫你以后从事教师或公务员类的稳定职业，而你说除了绘画对任何东西都不感兴趣。你大喊："如果不能学美术专业，那干脆放弃上大学，不，放弃整个人生!"我很少见你这样大声说话。只要你态度强硬起来，有些发怵的父亲总会提到我。"父母总会比孩子先走，如果我们走了，那你就是静雅的父母，静雅没人照顾的话，就无法生存，这个照顾也包括经济方面……"每当父亲这么说时，我就经常抱怨，为什么我的耳朵不像心脏，会这么健康?! 我捂着耳朵蜷缩在桌子下或窗帘后，一味地抱怨着。

那天傍晚，晚饭都准备好了，你也没走出房间。父亲在你紧闭的房门前，没好气地说了句"饿一顿也死不了"，母亲像块石头似的坐在餐桌旁，尽管动着筷子却什么都没有吃。晚上十点多时，家人才发现你收拾行李离家出走了。父亲带着手电筒去找你，母亲则忐忑不安地四处拨打电话。外面大雨滂沱。看着大雨，母亲更加焦急，她穿好衣服，准备去警察局。无功而返的父亲，说再等一个钟头，劝住了母亲。我躺在床上，假装睡着，神志异常清醒。

"不要回来！"

我躺在被子里，这样祈祷着。

"走吧，走得远远的，都……"

"……都忘了吧，拜托了！"

半夜，听到玄关门被打开的声音，我的祈祷也随之结束。我轻轻下床，小心翼翼地打开门，透过门缝偷偷向外看，我看到低着头瑟瑟发抖的你，一旁抱着你的母亲，还有背对着我凝视半空的父亲……

从未向你或父母透露过我那天的祈祷，所以也就没人知道那天之后我又反复祈祷了多少次。我的祈祷总是出于真心，正如那天从门缝里偷看你，觉得你头发和衣服上掉落的透明雨滴是那样美丽一样。不，我觉得美丽的只有你。为何明明生气却又这么开心，为何失望与安心可以共存，这些我都无法理解，只是被你的美丽所迷惑。

雨越下越大，打得皮肤生疼。回到巴士上坐下来，喝了一口咖啡。进了雨水的咖啡难喝极了。不知是不是使用了陈年咖啡豆的缘故，咖啡里散发出一股变质的味道。全是油和糖的甜甜圈也同样不合口味。要想按时吃药，首先得填饱肚子，食欲却瞬间全无。昏暗的窗户上映出我的样子，表情极其尴尬，两只手分别拿着剩下一多半的咖啡和甜甜圈。三十八岁，窗户上映出的女人已经到了这个年纪。

"长得真像啊!"

所有认识我们的人都这么说。他们笑容灿烂地说，我的脸上写着你的过去，太神奇太有趣了，笑得是那么灿烂……在你走以后，他们压抑着悲伤的嗓音，找寻你痕迹似的目光，"长得真像"，他们用不同的方式说着同样的话。不同的口音，不同的语调，怀着不同的情感。三十岁之后，你的年龄就再没有增长，如今三十八岁的我，不是你的过去，应该算你的未来吧。那么，你消失的未来在这扇车窗上吗？这窄小黑暗、充满孤独的地方，是你的所在吗？请告诉我，那里既不刮风也不下雨，所以不会被雨淋湿，不会感到寒冷，脚也不感觉冰凉，请告诉我那里是这样一个地方……

*

休息时间结束，巴士再次启程，现在离旧金山只有三个多小时路程了。去了厕所、填饱肚子的乘客，等车灯一熄灭，又以各自的方式准备入睡了。有人盖上外套，有人枕上便携式枕头，有人用棒球帽遮住脸部，也有人用毯子裹住整个身体。

其实，我有些不安。我不能像其他人那样轻易入睡，可能也是因为这种不安。但这种不安十分奇妙，在不安的深处，有一丝难以言明的激动。等巴士到站后，展现在眼前的，说不定是一个与车票目的地完全不符的城市，这种不安的期待感一直萦绕在我的心头。我想，长途汽车的另一个魅力，就是这种不确定性。像我这种对美国并未有好感或好奇心的人，之所以定居在此，现在回想起来，也许正是因为一系列毫无关联的事件，如同一次次无法预测的实验，把我引领到这里。

还记得吗？

开始上学后，我主动减少外出了，因为无处可去。我虽然比同年级孩子大一岁，但在学校我总是畏畏缩缩，那种时间更像是一种煎熬。我总是一个人。我嘴唇发青，不能跑，甚至连快走都不可以，没有孩子想跟这样的我交朋友。不能一起蹦蹦跳跳地玩耍，这足以成为被同龄人孤立的充分理由。

那段时间，你没有心思关心我。你一大早就要去学校，我睡下后才回家，也许有时你是有意在回避我吧。我们好久没有在傍晚时分一起散步了，也很少一起看电视或吃饭。以前我睡醒午觉，你总会为我擦去额头上的冷汗，出神地望着我，如今那种眼神不再是我生命的一部分，你也不再帮我系扣子，或提滑下去的袜子了。你经常露出比以前更加迷茫的表情，有时你有气无力地环顾四周，偶尔与我四目相视，你嘴角上扬，但那微笑在你的视线转向别处之前就瞬间消失不见。无论是当时还是现在，我都能理解，真心理解你。对于一个尚未成人的高中生来说，要担负起妹妹的未来，这种责任感和内心的叛逆感产生冲突，演变成难以承受的痛苦。如果是为了妹妹的未来，不得不放弃自己的梦想，那痛苦就更加不言而喻。是的，你最终还是放弃了绘画。你处理掉所有画具，把曾经视为珍宝的毕加索画册也卖给了旧书店，那些堆放在书桌下的素描簿和绘画获得的奖状，以及放在粗劣相框里的习作也统统扔掉了。直到高中毕业，考上与美术毫不相关的专业，你没有再坐到画布前。那之后，我再没有见过你画画。

　　大学毕业后，你在贸易公司就职。工作三年后，你决定结婚。那天，我和父母坐在客厅里，你语气平淡地对我们说，未婚夫是个研究生，马上要去美国留学。认识才两个月就要结婚，对此父母尽管有些不知所措，但并没有反对。那时我的身体已经好多了。

那年中秋节，你带着准姐夫来见家长了。尽管他只有三十岁，可能因为戴着厚厚的眼镜，白头发也很多，看上去就像你的叔叔辈。他走后，父亲说他眼神犀利，不是很满意，而你却冷冷地回他，说"不要找茬"。已经上了年纪，不再血气方刚的父亲没有接话。母亲在厨房里洗碗，如果不仔细观察，很难发现她在轻声啜泣。因为你说准备跟着他去美国，由于缺钱，短期内没有回来的打算。

那年中秋节之后，我心情一直十分沉重。总感觉你结婚和移民决定得过于仓促，像是被什么追赶似的，也可能是因为中秋节那天看到的一个场景让我有些在意。那天，准姐夫想用拇指擦去你嘴边的苹果皮，你却倏地把脸转了过去，避开他的手。已是高中生的我当时很是疑惑，心想，你之所以做出如此决定，也许并非出于爱情，而是想要远离没有绘画的生活。

总之，按照计划，你在那年年末举办了婚礼，之后去了美国。这以后，我感觉自己的生活就如同一个用粗糙针脚缝制的缺少重要东西的轻便袋子。父亲老得很快，母亲开始健忘。你要是一星期不来电话，在首尔的我们便开始忐忑不安。实在等不下去，我们便打过去，电话打不通时，更大的不安就会涌上心头。不仅是假期，就连在感恩节和圣诞节这种美国重大节日，你也没回过韩国。即便你不说，我们也能猜到，是因为生活拮据。等待，我们能做的仅此而已。那时……

那时，你以非法的身份在哪里漂泊呢？

在那里，你有没有呼唤过我的名字呢？

我分不清你，你的话语，你的知识，你的声音，你的血液。

我还曾这么想过。刚踏上美国土地时，我曾决定要努力地铭记、言说、记录你未完成的梦想，因为我们太像了，我们一起走过同样的路，我去过的世上最遥远的地方总有你相伴。

当我这样想时，你笑着说"真傻"，脸庞夹杂着一丝痛苦……

我可以想象得到。

*

我发出一声低沉的呻吟声，慢慢睁开了眼睛。

咽下一大口唾液，我望了望前方，然后强打起精神环顾四周，发现巴士里的灯都开着。巴士停在路边应急车道上，应急灯也开着。我用袖子擦去车窗上凝结的雾气，只见巴士外一个黑人女性在哄背上的婴儿。看来在我睡着的时候，这个婴儿受到了惊吓。在美国，乘坐长途汽车的乘客，大多是贫困的学生或有色人种。窗外的黑人女性看上去不到二十岁。

在陌生的地方入睡后，我偶尔会这样痛苦地醒来，这大概始于第三次，也是最后一次心脏手术。手术后，在麻醉药快失效时，我做了一个梦。本应身在美国的你，出现在我面前。你光着脚，走在漂浮着零星冰块的江面上。我清楚记得，在梦里我也特别担心你的脚。因为你怕冷，冬天要穿两双袜子。我在你背后连声喊着"太危险了，赶快出来"，我喊得青筋暴起，你都没有回头看我一眼。我喊得是那么迫切，你却置若罔闻，只是一味前行，这样的态度令我难以置信。最后，我放声大哭，哭得整个脸都湿了，我哭啊哭啊，最后好不容易……

当我汇集体内我也未曾意识到的不可理解的能量，好不容易睁开眼睛时，恢复室里明亮的灯光刺痛了我的瞳孔。意识虽然恢复，但我发不出声音来，身体也动弹不得。房间内空无一人，以为等我醒来肯定会守在身边的母亲也不知所踪。绝对的寂静，难以承受的疼痛，无法动弹的身体，这简直是比刚才的噩梦更为可怕的噩梦。

即便从恢复室转到普通病房后，也没有看到父母的身影。虽然有些亲戚偶尔来看我，但没有人告诉我父母去了哪里。我开始怀疑，我是不是又一次被抛弃了？就像当年你为了摆脱我去了遥远的国度，父母也厌烦了我和我的病痛，于是商议之下决定无视我的存在。我只能无力地躺在病房里，每天和这种夸张的失落感作斗争。真是一段愚蠢的日子。

手术后的第五天，父亲独自来到病房。那天凌晨，父亲用力摇醒我，只见他面无表情，失魂落魄地站了好一会儿，才开口道："你妈妈在美国。"几天没见，父亲似乎老了，不但人老了，连声音都沙哑了许多。"你妈回来的话，告诉她……"说着父亲低下了头。我还是第一次见父亲流泪。糟糕的直觉，密密地渗入我如随意吹起的气球般还未消肿的身体里。不想再听下去，可我的耳朵依然健康，完全没有任何生病的迹象。

"你妈可能疯了。所以见到你妈，一定要告诉她，静希，静希她，在你的身体里……"

说着父亲一下瘫坐在地，放声大哭起来。低头望着父亲那头发几乎掉光的空空脑门，我反复默念：真正的噩梦还没有结束，赶快从这个梦中醒过来吧。

除此之外，别无他法。

老男人的痛哭声，年轻女孩的喃喃自语声，混杂着两种声音的病房并不嘈杂，非常寂静。

一周之后，我平安出院。病房外还有其他病房，在还未结束的梦中，我的生活依旧继续。我应该走下去，继续走下去，但偶尔我会静静地站在原地，低头看着冰凉的双脚。之后又过了漫长的岁月，在洛杉矶某个风和日丽的夏日，我读到了她的信。

我血液里流淌着你的记忆，你的沉默。

*

三十岁的你，被装在一个小盒子里，回到了故乡。我们把你埋在树下，把你藏在里面，不让人看到你冷却的年轻皮肤和血液。对于你想说却没能说出的话、未完成的事情和美好的计划、可能会遇到的人，这一切我们都不甚了解。你未书写的历史、未记录的故事和封存起来的未来，我们同样一起埋了进去。把你下葬后，我们两手空空。

身体恢复到一定程度后，为了去见三十岁的你，我去了机场。父母在出境口挥手说："做你想做的事情吧，展翅高飞，尽情地生活吧，飞得远远的，高高的。"

在出境口，父亲低声呼唤：

"静希呀……"

在过去那一段时间，为了不让人看到自己的泪水，他养成了咬着牙微笑的习惯。

在登机口关闭之前，父亲又一次以你的名字呼唤我。

一到美国，我就去了你住过的房子，打听跟你有过交情的人，去和他们一一见面。在父母不知情的情况下，你离婚了，之后因为无法延签，成为非法滞留者。你人生的最后一年，只能待在洛杉矶的韩国城。为了养活自己，你曾在韩国人开的书店里打工，教侨胞的子女韩语语法。读了你留下的手册、日记和备忘录，我开始漫无目的地行走，一直走到尽头。从未有过任何梦想的我，第一次产生了某种欲望。虽然那份青涩炙热的感觉有些陌生，不得不小心翼翼，但这也让我活得更加鲜活。"活着真幸运。"我发现自己竟下意识将这句话脱口而出。

根据我打听到的信息，你二十七岁到三十岁的故事是这样的：你经常骑着自行车去市场；曾把自己身穿的外套送给教堂前推着空婴儿车乞讨的年轻女性；把去市中心的美术馆当作最大的奢侈；你多次预订好飞往韩国的机票，每当日程临近，却一次次取消；在市中心被强盗枪杀的那天，你包里还装着一张未出票的机票订单……这就是我寻找到的你的全部痕迹，但后来我并未回国。来美国两个月后，我见到了和你两周见一次相互学习语言的印度裔美国人。他是电子商店的一名职员，给你维修过笔记本电脑。他说，下班后看亚洲电视剧是他唯一的乐趣，所以非常珍惜和你的私教时间。他还说你是个自尊心很强的人，对"R"和"V"的发音很没自信的你，会刻意不去使用带这两个音的单词，他笑着回想道。

"她低头时露出的白皙脖颈像草叶一般，我时常惊叹，那样的脖子是如何做到呼吸、打招呼和说话的。"

他的这句话，让我回想起很久以前你背我时，我胸口感受到的你那纤弱的骨头。离家越近，你的汗味儿越浓，呼吸也越来越重，但你从未问过我要不要下来。那漫长的时间也浮现在我的脑海里⋯⋯

那个印度裔美国人就这样突如其来地闯入我的生活。彼此深入了解后，我决定和他结婚，然后定居美国，这样的决定应该归因于你无形的力量吧，只能如此解释。或许是因为你那边掉下来的一根线吧，你一直在线团的那边静静地扯着线，从未停止。

就这样，我在这个国家一待就是十七年。

现在回想起来，每个瞬间都是孤独与不安的延续。我需要重新学习的，不仅是外语本身，还有用外语问候的方法、祝贺及安慰的方式，以及开玩笑的技巧。我要熟悉这个国家的银行、公共交通以及医院设施，还要去适应购物、做饭和生育孩子的生活。

有时，我会感觉自己如同赤脚走在漂浮着冰块的水面上。

五年前，在飞往纽约的飞机里，在我出现呼吸困难症状之前，看到的也是那条漂浮着冰块的河流。事实上，我明确意识到，那片风景并非漂浮着冰块的河流，而是云朵飘动的夜空。我明明知道你会在那里，却因为担心而不敢直视那边的风景。因为在那里，脚会冰凉，发不出声音，身子也动弹不得，周围空无一人，甚至也不见母亲的身影。

飞机安全着陆，感觉快要断气的我缓了过来，这时我才明白，我经历了一次小小的死亡。

*

晚上九点五十分，巴士终于抵达旧金山。

走下巴士，我一时有些不知所措，不知该去往何方。我蜷缩着身子，就像一只未到孵化期就破壳而出的小鸟。

这样的时候，我总会想起线团。

以前住在金浦机场附近时，穿不下或因太脏而不能穿的毛衣，对我们来说是非常难得的玩具。我拿着毛衣，你扯着毛线，缠成圆圆的线团。在缠线团的时候，我们面对面坐着，说说笑笑，时而沉默。

在那个村子住的最后一年，某个冬夜，我们扯着妈妈的毛衣缠成线团。夜已深透，飞往世界各地的飞机依然络绎不绝，我很好奇，到底是什么人乘坐飞机呢？不知不觉间，毛衣越来越小，线团越来越大。困意不断袭来，眼睛不自觉地合上了。在半睡半醒中，依然能感觉到拉扯毛线的力量，这令我无限安心。仿佛只要我不松开缠向你的线，我就一直是安全的。只要沿着这条线走下去，总有一天我们会在目的地再次相遇，这种信念变得越来越圆实，越来越硕大。然而……

然而，我最终要从梦中完全醒来，睁开眼睛。不得不直面眼前的一幕：对面座位空荡荡的，坐垫已没有温度，上面落满了灰尘，缠好的线团早已不知去向。走好……我站在原地徘徊良久，然后转身走向市里，这时一架飞机从头顶飞过，我向飞机轻轻挥手，喃喃道：

走好，姐姐。

时间的拒绝 [1]

　　硕熙想着只是简单地散散步，在背包里放了两个空塑料瓶，便走出了家门。通往低矮野山的小路上，施工似乎还未结束，到处被挖得坑坑洼洼，散落的混凝土碎块像脱离轨道的行星，在路边滚来滚去。走近野山，浓郁的树木气息扑鼻而来。这座野山虽然海拔不足百米，是座常见的小山，却有着上等的泉水池和杂木成荫的散步道。

　　一周前，硕熙搬到这个小区。搬家那天，从一大早开始，天空就落起了雨点。灿从同事的哥哥那里借来一辆十五人座面包车帮忙搬家，行李有七个箱子、一张双人餐桌、一个微波炉和一张床垫。"同事的哥哥，这种关系应该算外人吧？"坐在副驾驶上的硕熙笑问道。"是吗？"灿干

1　小说中的木质机械以威廉・肯特里奇 (William Kentridge) 的装置作品 "The Refusal of Time" 为原型，小说的题目也借鉴了同名作品。特此声明。

咳了两声，没有自信地回答道。到了三湖联排住宅前，硕熙刚下车，突然感觉被人碰了一下。连忙回头，只见一个中年女人垂着头走了过去，口中还念念有词。女人手中没有伞，而是提着一个黑色塑料袋。空无一物的塑料袋在瞬息万变的风中翩翩起舞。"这里也有疯女人！钟路到处都是。"灿随口说着，朝后备箱走去。直到女人消失在街道转角处，硕熙的视线一直无法从她身上移开。她感觉女人就像一个把自身物化成黑色塑料袋的巫师，提着自己的灵魂四处游荡；还像一个孤独的隐士，道出人生世事不过是悲伤集合的真理。那天下午，把所有行李搬到 201 室，打开后，她发现多多少少都被打湿了。灿走后，硕熙开始整理行李，首先打开最小的一个箱子，这时她陷入一阵沉思，感觉自己今后再也无法长久避雨了。傍晚时分，房东过来一趟，询问是否还有什么需要。原本想让房东把到处破损发霉的壁纸换掉，但最终还是含糊其词地说了句没关系。房东临走前告诉她，三湖联排住宅附近有座野山，走路大约需二十分钟。

不一会儿，散步道入口映入眼帘。不过，硕熙的目光却落在入口右侧，一个比三湖住宅更破旧的联排住宅外墙上挂着一条横幅。这附近估计要建一个公共厕所，白色横幅上，用原色粗糙字体写着几句话，赤裸裸地表达了人们对预建公共厕所的强烈反感。硕熙静静地站在原地，一遍遍读着墙上的文字。那句"对无视居民意见的工程感到愤怒"，她还可以理解，然而那句"马上撤销施工计划，保障人类生存权利"，她却怎么都解释不通。"愤怒""权利""保障"……这些字眼都是之前在记者室、大厅，以及最后一个月在公司大楼的楼顶上，她与同行记者一起喊过的口号和用过的词。硕熙转身原路返回，背包里本打算装泉水的两个塑料瓶不断发出碰撞声。

回到家，硕熙将房门插上锁好，靠墙坐了下来。日落时分，华灯初上，201号房间里洒满了橘黄色灯光。她用力张开手指，畅游在这光芒里。她那染成橘黄色的手，看上去就像刚从模具里拿出的金属一样，陌生而冰冷，但依旧是那么小而丑。"真是又小又丑。"她呢喃着闭上眼睛，眼前浮现出好多手，每只手里都拿着一封辞职信。有白皙纤长的手，有厚实粗短的手，有青筋凸起的手，还有戴着婚戒的手……公司试图强制解散工会，不久后又表示罢工一结束就向工会索要损害赔偿，这一消息传出后，硕熙和几名同事一起到社长办公室递交了辞呈。那时站在同一条战线上的灿，现在已入职钟路一家大型培训学校，负责宣传工作。一天，灿说，看到一个兼职生把自己曾满怀激情供稿的报纸铺在桌上时，当场就想给那人一巴掌。当时是午饭时间，点的外卖已经送到。"因为难受？"硕熙开玩笑地问道。"讨厌把报纸当垫纸用。"灿闷闷不乐地回答。随着辞职队伍越来越长，罢工也不了了之，损害赔偿也就止于传闻。一部分记者在首尔站或光化门附近继续"一人示威"，而另一部分人后来跟公司握手言和，又回到了记者室。

路灯很快灭了。灭后又重新亮了，再次熄灭后就没有亮起来。硕熙刚刚意识到三湖联排住宅 201 室的最大魅力——一个充满路灯之光的候车室，如果无人来维修忽明忽暗的故障，这里的昼夜将会无限循环反复……稀疏的夜色如同一位小心谨慎的客人，一步步慢慢走进 201 房间。硕熙站起身来，走到窗边，打开窗户，点燃一根香烟。平时，硕熙经常用纸巾一次包上三根放在桌子抽屉里，就像存放一种储备粮。已经两个月没抽烟了，烟气进入嗓子，她咳嗽起来。她的支气管非常脆弱，抽烟对她来说，是件遭罪的事情，但又戒不了，因为这让她再次意识到，人类的身体只不过是一种通道，这一点她非常喜欢。尽管前后毒素的密度与含量不尽相同，但可以确定的是，吸入的烟雾总会再呼出来。没有什么东西会永远停留在身体里，食物、感觉、感情，甚至一度赌上全部为之而战的苦恼以及苦恼的时间……硕熙一直相信，流逝的绝不会再回来，这种永恒不变的事实可以说是生命中独一无二的慰藉。飘向窗外的白色烟雾，被一团黑色大气吞噬。一个既痛苦而又不懂痛苦的朴素灵魂，手托那团空气，喃喃地说着无法理解的话语，直到它消散在半空中。

*

消散在空中的烟雾，如同一幅描绘人心的地图。就像把纸张放入特殊溶液里，画就会自动呈现到纸上一样，渗入身体每个角落的烟雾，载着肉眼看不到的风景悠然飘出身体。那些风景可能是痕迹，也可能是伤痛……简对自己刚才的想法非常满意。她认真思索，接下来要不要画一些以不同姿态和表情来抽烟的"简"。

"真冷啊，"他转过头来，"站在那里干什么？快把窗户关上吧。"语气听起来十分断然，像是为了向她强调这不是梦话。对于住在位于列克星敦大街、可以俯瞰东河的高级住宅区的哈罗德来说，刮过法拉盛——这个各色人种聚集的贫民区——的冷风，不免让他有种异质感。这里的风，就像一种有害病菌，似乎可以危害到具备完美条件的玻璃管。简熄灭香烟，关上露台窗户，回到床边。"有什么心事吗？"哈罗德搂住简一丝不挂的腰部。"没什么，"

简回答道，"除了你还没有答应我在下季度展会上添加我的名字。"为了不把后面一句说出来，简咬紧嘴唇，她还没有迫切到需要放弃最后的自尊心。简这么相信，也认为应该如此。

昨天晚上，哈罗德担任馆长的美术馆在大厅里举办了开馆三周年纪念派对。来自纽约及纽约近郊的年轻艺术家们手举葡萄酒或鸡尾酒在大厅里来回穿梭。熟人之间互相亲吻拥抱后，彼此问候。初次见面的人讨论着彼此的作品，毫不吝惜地表达自己的赞美与钦慕。这个国家夸张的问候方式，简尽管已经非常熟悉，但依然不是很适应。参加派对的艺术家大多向哈罗德打了招呼，虽然表面看上去是种平等关系，郑重地握手并自报家门，但每个人都显得小心翼翼，唯恐瞬间的失误会令人质疑自己尊敬的态度。也许住在他们内心的小孩隐隐感到委屈，手中正画着一张令人费解的地图，认为自己作品优秀的艺术性尚未得到公正的评价。简也跟哈罗德打了招呼，然后她被选中了。也许是因为哈罗德从这个三十多岁的移民女性——跟他那年轻时曾是芭蕾舞演员的来自北欧的妻子以及两个读名校的女儿有着不同皮肤、体型和气质——身上，看到了习惯于缺失和歧视的年轻艺术家肖像。

哈罗德把脸贴到简的后背上轻轻摩擦，问道："认识菲利普·金吗?""听说过这个名字,但并没有任何交情。""是吗?你不也姓金吗?""在我们国家,每五个人中就有一个姓金。"简不以为然地轻声道。哈罗德却一脸认真地接着说:"我的意思是,你也可以尝试一下那个方向,就是和你们国家的历史和社会相关的创作,如果是当下的热点话题会更好。"后背上,触到哈罗德的气息,既不温热也不粗糙。

菲利普·金是一位装置艺术家,和简年龄相仿,他凭借展现慰安妇故事的作品,备受关注。简只通过小册子看过那些作品。在一间展厅内,摆满了旧衣物和随身物品,四面墙壁上挂满了慰安妇老奶奶们年轻时的黑白照片,照片上方播放着采访她们的影像。作品可以说有些老套乏味。据简了解,菲利普的父母是韩国人,而他本人则出生在美国。跟九岁之前还是韩国人、一直生活在韩国的简相比,他与祖国的距离更远一些。菲利普显然不能用韩语作自我介绍,这样的他,讲述自己从未亲身体验过的韩国历史,其理由不言自明。

"做梦也要像个美国人一样。"

父亲经常如是说。当两个女儿操着正宗美式英语读书时,父亲会油然生出一种莫大的自豪感,他就是这种类型的移民。父亲在韩国城开了一家面向韩国人的餐厅,不过他更推崇美式的东西，只要是英语流利的人，他就会盲目信任。他肯定无法理解来自其他国家的特殊性也可以成为一种武器。当表达无法融入美国社会的疏离感，或讲述祖国历史和文化的多样性时，评论界和媒体都会表现出格外的关注。至于跨文化或不掺杂伦理价值判断的绝对艺术性等主题，并非移民者所擅长。

哈罗德很快睡着了。简走下床，披上睡袍，坐在餐桌前打开了笔记本电脑。简现在已经放弃了与这个国家的无形壁垒作斗争。从五年前开始，她摒弃一味堆砌形象的实验性画风，开始画身穿星条旗T恤衫或裙子、欣赏美国日常风景的自己，还有推着婴儿车在公园散步的夫妇，拿着手机或平板电脑在公园散步的上班族，躺在客厅沙发上观看电视脱口秀的疲惫中年男性的身边，凝视着画布外面、身穿星条旗的多个简，演绎着内心焦虑和渴望同化的演员……也是从那时起，简的作品被挂到美术馆，逐渐有了一些销量。

简访问了韩国多家主要媒体的网页，仔细浏览政治和社会专栏。她从自身那独一无二的生活中学习到，做出妥协并非胆怯的表现，而是另一种意义上的勇气。与其执着于人类善变的情感，不如画一些哈罗德希望挂到美术馆的画，这可以说是一种对待注定会逝去的未来的正确姿态。

这时，她拿着鼠标的手突然停了下来，她的视线停留在一个似曾相识的女人身上。照片中，周围所有人要么表情僵硬地跟一群警察对峙，要么神情忐忑不安，而那个女人却呆坐其中，深情地笑着，像是在听小夜曲。简想象着这女人心底深藏的某种信念。只是想象，她都觉得自己绝对无法完全理解那一信念的深度。想到这些，简感受到了一股强烈的嫉妒，眼泪都快流出来了。

这一天，硕熙的脸庞给简留下了深刻的印象。

*

那张照片摄于一年前的初春，地点是公司的楼顶。那时，罢工已持续三个月之久。楼下看起来无比平和，今天是昨天的重复，明天显然又会是今天的翻版。是从何时起，聚在楼顶的记者，看起来如同在无敌军的战场上退下来的军人呢？已经不记得了。那天硕熙满脑子想的都是来楼顶之前，在电梯口遇到的实习记者稚嫩的脸庞。大多数在职记者都参与了罢工，公司开始让刚大学毕业的实习记者撰写报道，只需向他们支付相当于基本生活费的工资。参与罢工的记者看待实习记者的目光不可能会友好，即使不照镜子，硕熙也很清楚当时自己的目光有多冷淡。那天，一个实习记者见到硕熙时神情十分紧张，双手用力交叉在一起，不敢直视她。就在硕熙要上电梯时，实习记者连忙叫了声"前辈"，不知是不是连续几天一直加班的缘故，实习记者的眼睛里充满血丝，雪纺衫和裙子也皱得很厉害。"前辈，您也知道吧，实习期间被辞掉的话，实习经历不能写进履历里！"实习记者脖子处青筋突起，像是鼓足很大勇气才说出口。硕熙愣愣地看着实习记者，眼前似乎浮现出一架想要极力保持平衡的天平，天平的两端安放的，应该就是被称为"迫切"的内心总和吧！

正午刚过，战斗警察[1]突然冲上楼顶。记者们惊慌失措，却又无处可逃，看着大家无措的样子，硕熙不禁喃喃道："像假的。"等她脱口而出，才意识到自己竟说出这句话。一片不知来处的樱花，在空中翩然起舞，最后落到硕熙的手背上。硕熙出神地望着那片花瓣，仿佛只有它才是世界上唯一的存在。此刻，硕熙并没有注意到某处亮起的相机闪光灯，自然也不会想到，那张照片会登在其他社的报纸上，又为远在海外的某位画家提供了灵感，助其完成作品。那天在楼顶，试图驱散记者的警察与坚守阵地的记者之间发生了肢体冲突，有人肩膀骨裂，有人头部凹陷，

---

1 战斗警察，简称战警，负责反间谍作战和警备等任务。

大多受了伤，身上有淤青，或是流了血。警察成功镇压了示威，硕熙搀扶着伤势较重的同事离开楼顶，这时她产生了走下天平托盘的想法，这样就能让迫切而又直率的实习记者那端上升一点点……

她再次打开邮箱，感觉那封邮件怎么看都像是一封邀请信，然而这又是那么不可信。对方说在网上的新闻报道中看到硕熙的照片，从而获得灵感，创作出一系列作品来。真是不可思议，但更加难以置信的是，对方提出，如果她来看展览，将为她提供食宿，这样的提案总感觉不那么真实。"虽然是位于纽约法拉盛的一所旧公寓。"自称是美籍韩侨的画家这样补充道。

关上笔记本电脑，手机闹铃响了，提示她一小时后，要去一家主要制作企业宣传册的小出版社面试。现在得收拾一下准备去坐地铁了，但硕熙只是在房间里踱来踱去，像个丢了重要资料的人。搬家时还未拆封的箱子不时碰到她的脚，地上堆满了灰尘。

离面试开始时间还剩三十分钟，硕熙才走出家门。经过地铁站时，她径直走了过去。漫无目的地走在路上，碰到手拿报纸的人就走回来或改道。在街上徘徊了两个小时，然后她坐上了去钟路的公交车。和灿联系后，她去了两人经常去的居酒屋，点好烧酒和鱼糕海鲜汤等灿下班。

七点左右，灿下班后来到居酒屋，看到硕熙已经独自喝完一瓶烧酒，不禁露出惊讶的神情。

然而，随着时间的流逝，最先醉倒的却是灿。总是如此。硕熙一直相信灿比自己更有激情。即便一则短篇报道，灿也会充分准备资料。被分配到公司文化部工作期间，即使去度假，他也不忘时刻关注可以成为新闻素材的书籍和电影。他还把自己写的报道复印后塑封起来，作为生日礼物塞到连连拒绝的朋友手里，之后还把此事拿出来炫耀。硕熙知道，他经常远远地默默注视那些坚持"一人示威"的前辈记者。也许在说想扇兼职生一巴掌的那天后，灿会在桌旁整整齐齐放一堆可以用来铺在外卖食物下的传单和免费报纸。"我没去面试。"硕熙下意识地坦言道。灿眼神有些游离，不时用力抚一把脸。"干得好，干得棒。"灿左右晃动着身体应和道。"有人邀我去纽约，我在想要不要去看看。"干完杯中剩下的烧酒，硕熙产生一种新的感受，语言来自内心，但有些语言却可以塑造人的内心。"如果去了纽约，回来就更没有面试机会了吧?"

"那个……"

灿低着头，揉了揉眼角，说道："上周我差点死了。"硕熙吃了一惊，放下手中的杯子，凝视着灿那不知不觉间长出稀疏白发的脑门。灿喃喃说着，他身后脏兮兮的米色墙纸上，投影出他怔怔地站在人行道中央的模样。那时是午饭时间，同事们走出餐厅后，分成两拨，一拨去喝咖啡，一拨去抽烟。灿不喝咖啡，他习惯喝柚子茶或薏米茶，另外，他特别不喜欢身上沾上烟味，所以没有加入任何一拨，独自走回培训学校。他正低头走着，突然听到周围很吵，抬头一看，人行横道左右两侧的车辆都在鸣笛。当时，人行横道上信号灯是红色。一辆后面载着外卖箱子的摩托车嗖地从灿面前经过，刮起一阵疾风。一个出租车司机发现灿后，连忙转动方向盘，然后探出窗外对灿破口大骂。大中午的八车道大路上，被吓得魂飞魄散、动弹不得的他，看上去像个喜剧演员，还是艺术电影中真挚的主人公呢？"我是说……"灿再次揉了揉眼睛，有气无力地接着说道：

"我是说，去吧！意外和明天，不知哪个先来，一切都是虚妄，不是吗？"

硕熙不置可否地点了点头，然后拿着账单去结账，在电子平板上签完字，猛然回头，只见灿正闭着眼睛，像是在冥想。总有一天，他会把今天还未讲完的故事讲下去。"一直走，"那个故事可能会这样开始，"想一直走下去，不管是红灯还是绿灯。"他接着说道。也许他还会隐隐表达出长期以来对硕熙积攒的不满。当工会一方有些动摇时，最先决定辞职的是硕熙。她清楚地知道，对于当时深陷苦恼的灿来说，自己可能就像一面镜子。他们没能一起战斗到最后，中途退出时，春天已经凄凉地走到尽头。这时，灿睁开了眼睛，扶着墙站起来，身体踉踉跄跄，快要摔倒似的，但硕熙并没有去扶他。因为她觉得，没有冒险的热情是虚假的，现在不去干涉他才算合理。

将灿送上出租车后，走进通往地铁站的小巷子，为了赶上末班车，硕熙加快了脚步。这时，她看到从漆黑的巷子那边走来一个缩着肩膀的女人，女人口中念念有词。两人擦肩而过时，她啪地撞了硕熙一下。硕熙产生了既视感，她僵硬地转过身去，只见那女人正走向巷子尽头。不能跟上女人，她担心自己会看清女人的脸。她慌忙打开手提包，拿出粉盒，颤抖地打开盖子，里面的小镜子上灰蒙蒙一片，什么都照不到。好不容易抑制住快要发出的尖叫声，她紧紧闭上眼睛。等她再次睁开眼睛时，已是在地铁车厢里，她坐在一个醉汉和一名女高中生中间。她努力搜索记忆，但脑海中并未保存她走出巷子坐上地铁的这段记忆。是在做梦，还是因为醉意，记忆被删除了？她不得而知。一切混乱不堪，唯一可以肯定的是，一直坚信具有连续性的时间，竟突然中断，其中一部分挥发殆尽。仅此而已。

当天晚上，硕熙回到家，预订了一周后从仁川飞往纽约的机票，并给住在法拉盛的侨胞画家发了封电子邮件。"当时存折里只剩两三个月的生活费，但只能选择离开，"后来硕熙对灿说，"那时，我想以客观的角度审视一下自我，想去确认画中自己的表情是不是假的，或许只有欺骗自己相信那是假的，才会让我感到安心。相信那些画作会告诉我答案。"后面的两句话被她咽了回去。硕熙最终没有说出，在巷子里撞见的那个女人其实正是自己。

*

脑海中不时浮现出女人的笑脸，早上起来冲咖啡时，工作开始之前或工作结束之后，或接到哈罗德的电话准备外出时，那张脸庞总会若无其事地越过现实的界线，如一个特写镜头闪现在简眼前。也许在她看来，在暴力镇压即将来临的氛围下，女人脸上毫无疑问是发自内心的笑容近乎一种奇迹。妹妹打来电话的那天，简茫然地坐在画架前，依然无法挥去那张冷不丁浮现出来的面孔。那天是简三十五岁的生日。从许久以前开始，对于简来说，生日早已成为一种标识年龄的警戒线，在生命的原野上稀稀拉拉插着的标杆。简漫不经心地接起电话，以为是某个记得她生日的人来送祝福。

"这里是洛杉矶。"电话那头，妹妹平静地说道。住在亚特兰大的妹妹去洛杉矶，理由只有一个。"严重吗?"简解下手表，倒扣在桌上。这是简的习惯。当她想要逃离需要直面的现实时，除了打破具有规律性间隔、飞逝而过的时间之外，她毫无依靠。"说今晚是个坎儿，现在靠呼吸机勉强维持。一直在找姐姐，喂? 你在听吗?"妹妹哽咽着接着说道。简无力地凝视着自己的语言在这感觉不到时间纹路的半空中渐渐融化的光景。她说"对不起"了吗，无法确定。当她回过神来，再次看手表时，电话已经挂断，那期间流逝了多少时间，她不得而知。

简放下手中的画笔，换了衣服。要参加哈罗德策划的秋季展会，筹备工作时间紧迫，但她今天毫无创作兴致。每当感觉讨厌自己的人往自己胸口注入满满的气息，自己呼出的气息不洁时，简就会走进别人的绘画空间。幸好纽约的美术馆很多，而且在咖啡馆或画具销售店，也设有为业余画家举办的简易展览。最先去的地方是一个小型个人美术馆，不过正赶上休馆日，接着她乘坐公交车，去了现代美术馆，幸好那里开馆。

现代美术馆二楼角落的一个昏暗展厅里，正举办以时间为主题的特别展，在那里她看到了一架木制机械。被一种奇特扭曲的电子音乐声吸引，简走进那个房间。置于房间中央的木制机械，是一种没有分针和时针的新概念钟表，但在简看来，它却像一个巨大的野兽——一个曾叱咤一生，铁石心肠的捕食者，如今只剩下一个巨大的空壳，正慢慢走向死亡。机械内部连接绳子的多个箱子和管子相互交错，如同重叠交错的内脏。当相当于水泵装置的箱子中喷出空气时，就会听到野兽般的呻吟声。在木制机械前，简动弹不得，她仿佛看到医院病床上靠氧气呼吸机艰难呼吸的父亲。

为什么会是他的女儿呢？

在洛杉矶父亲的家里和父亲的餐厅里，简一直和这种毫无意义的问题作斗争。在韩国城，父亲的名声非常不好。餐厅服务员即使打碎一个盘子，父亲也会拿着计算器要求赔偿；流浪者来乞讨时，他就像对待虫子似的将其无情地赶走；他雇用护照过期的非法滞留者，拖延他们的工资，如果这些人表现出不满，就解雇他们，从中牟取利益。不受法律保护的那些人，只能忍气吞声，离开父亲的餐厅。偶尔有记仇的人躲在家门口，等大门一开，就往里面泼脏水，或疯了似的冲过来，用此生从未听过的最难听的脏话破口大骂。他们就像经历了地狱般的挣扎，怒不可遏。无意中走出家门的简，有时也会成为他们的靶子。比起被侮辱，她感觉更强烈的是羞耻。过了青春期，简几乎每天都跟父亲吵架。父亲自制力极差，一到这种时候，就会冲着妻子和两个女儿大吼大叫，说她们都是毫无用处的虫子。简比母亲和妹妹的态度更具攻击性，所以她经常被关在房间里，连晚饭都吃不上。这样的日子里，简经常把房间里所有表都扣上，梦想着一夜间长大成人，早日离开这个家。唯有这个梦想让简坚持了下来。如果父亲一直这么冷漠严厉的话，在人生的某个节点，简可能会接受他。因为相信"人无完人"这一普遍认识，有朝一日，当她在否定与妥协上下起伏的跷跷板上坐累了，可能自己会走下来。但是，每当去政府机关处理事情时，父亲就性情大变，他变得坐立不安，看简的脸色，求人办事时畏畏缩缩，说话磕磕绊绊。从上初中时开始，简就要翻译银行或保险公司发来的材料，跟着父亲去移民局和税务局等地方负责翻译。妹妹比自己小五岁，帮不上什么忙。从十三四岁开始，她就体会到了大人们的世界，那世界如冰块一样寒冷，像缠绕的线团一样复杂，被"许可""登记""确认""罚款"这些词语所支配的世界……被父亲推进去的世界里，简感受到政府机关职员对不会英语的东方人的无视与轻蔑，体会到了这种感情底色中深藏的种族主义歧视。父亲只是眨着双眼，呆呆地站在简旁边，感觉快结束时，会冲着机关职员深鞠一躬，但父亲从未从他们那里得到任何回应。

直到闭馆时间，她才从木制机械上移开视线。走出美术馆，突然刮来一阵强风。天边绝望的神灵似乎将巨大的钟表倒扣起来，被大风侵蚀过的街道风景一闪而过，看上去就像设定好的画面，极不真实。建筑物被分解成碎块，然后倒塌在地，行人和车辆飘在空中。包里的手机响了，打开一看，是妹妹发来的告知父亲临终的短信。刚才时间施展的奇特景象，难道是一个告知世界末日来临的信号？当硕熙不知去往何方，惊慌失措时，那女人的脸庞就会越过现实的界线，如一个特写镜头一样浮现在她眼前。那个无声音也无体温的女人，似乎来到她身旁向她掷地有声地提问，关于她虽然一直装作不知，却不可能不知道的唯一真相，即她与父亲相差无几的人生……瞬间，她感觉双腿发软。简把滑落下来的头发随意往后理了理，按下手机的通话键，跟哈罗德招呼都没打，直接传达了刚才的决定。短暂的沉默，仅此而已。哈罗德应酬式地回应道，会在秋季展会的名单上删掉简的名字，然后率先挂断了电话。

一年后，站在公寓的露台上，简俯视着过往的列车，回想起那个缠绕着管子和箱子的木制机械。现在要去迎接来自韩国的客人，应该马上去美术馆，但她始终无法从列车上收回视线。出发后就只能一直向前，到站后又只能停下的列车，是另一种意义上的时钟。父亲这辆已经到达终点的列车，是绝对不会再回来了，这一事实既是一种安慰，又是一种痛苦。夹杂着安慰与悔恨的无法言喻的情感，融入她内心的地图。在地图完成的瞬间，简双手掩面抽泣良久。这是她的第三十六个生日，也是父亲的一周年忌日。

＊

这座火车站位于住宅区正中央，与普通车站不同，这里没有车站、售票处和服务台等地方，在阶梯入口处设有一个自动售票机，乘客可以自行购票。这个简易火车站就像建在半空中，硕熙这么想着，投币买了从法拉盛缅街出发前往华盛顿站的火车票。沿着箭头所指的方向，她走向台阶，只见下面站台上稀稀落落站着几个人。

画家告诉她到达华盛顿站后，自己的朋友会去接她，然后把她送到美术馆。办理完入境手续后，硕熙在机场大厅给画家打了电话，画家解释自己不能亲自去机场接她，并一再道歉。硕熙在仁川与纽约之间的云层上吃机内餐或睡觉的时候，画家要接受一个个无法推迟的采访。硕熙说没关系，画家详细告知她朋友的衣着长相以及去华盛顿站的方法。

　　走下站台，等了十多分钟，长岛方向的火车进站了。火车上乘客很少，速度慢得惊人。硕熙饶有兴致地看着手里拿着打孔器、在客厢里来回走动的检票员，像是看到了上个世纪的人物画。过了一会儿，她把视线转向窗外。火车经过法拉盛，这座城市会让人联想到落后的偏远小城，跟纽约旅行手册上看到的华丽建筑或精致商店相去甚远。"我住在法拉盛，位于长岛西侧，展示我绘画作品的美术馆位于东侧。那里原本是某个富豪的别墅，这次特意改造成美术馆，为年轻画家提供展览机会。"硕熙发邮件告诉她自己决定去纽约时，画家如此回复道。回信中还写了这样的内容：你也许很难相信，远方你的笑脸向我抛出一个重要问题，虽不能说我因此改变了价值观，但经此事件，我凭自己的意志放弃了利用他人得来的机会，这点非常明确。所以，是你给了我勇气。画家的那封电子邮件，硕熙读了好多遍。每次读的时候，眼前都会浮现出在拱形城门前独自跳舞的舞姬形象。城门紧闭，没有乐师的伴奏，舞姬赤着受伤的双脚孤独起舞。硕熙本想告诉她，也许你看到的是个假象，因为那张脸的后面有一座空荡荡的城堡，一个杂草丛生的荒凉城郭。在三湖联排住宅 201 号的路灯熄灭之前，硕熙有一股冲动，想把刚才的想法发过去，然后取消机票，但最终并未付诸行动。相反，她感到一定要去参加画家的画展，这种陌生的欲望，让她惊讶不已。

在交叉路口，火车遇到信号灯，停了下来，一栋灰色建筑的三楼露台上，站着一名女子。火车正横穿住宅区，住宅区没有外墙，所以她感觉那女子离得很近，仿佛触手可及。女子天蓝色的丝巾和黄色风衣随风飘舞，如同一面蓝黄色的旗帜。旗子不停飞舞，像在吸引人们的注意。这时她看到女子双手捂面，肩膀抖动，一头秀发温柔地随风飘扬。尽管硕熙并不清楚女子哭泣的原因，但她依然感觉自己被女子的悲伤感染到。就像看电影时，即使不清楚故事情节，仅是演员的动作和姿势也能轻易让人投入……火车再次缓缓地开动起来，女子一点点地往后退去，很快消失在视野中。硕熙想，女子应该站在原地又哭泣了很久。因为使人深感共鸣的电影会让人相信，即使放映机停止转动，演员仍停留在银幕上。

三十多分钟后，火车抵达华盛顿站。正如画家所说，一名个子高大的黑人女性站在火车站前等她，应该是画家的朋友朱迪斯。她正好看到硕熙，主动上前打了招呼，然后把硕熙的行李箱放进后备箱。硕熙坐在副驾驶座上，朱迪斯说，简说她也会很快到达美术馆。简，是画家的名字。

车子向着长岛东部蜿蜒行驶，窗外，大海、港口和码头一一映入眼帘。停在码头上的船舶大多应该是私人游艇。朱迪斯笑着说，越往长岛东部走，人们就越富有。在山坡上一座可俯瞰大海的古色古香的木质建筑前，车子停了下来。建筑物入口处贴着一张简·金画展的海报，一张简易桌子上摆放着许多张宣传册。

硕熙走到桌边，拿起一张宣传册。宣传册上写着：此次展会将充分展现简·金的激情挑战意识以及其嬗变的作品世界。硕熙一边读着宣传册，一边慢慢走进美术馆。在展厅四面墙壁上，挂着近二十幅作品，散发着相似的氛围。建筑物倒塌的颓废城市，被风吹起，飘浮在半空中的人们和汽车，所有画中登场的青色色调的女子……据宣传册介绍，那个青色色调的女子是画家创作的新人物。硕熙惊住了。在硕熙看来，画中青色色调的新人物跟硕熙完全不像。尽管如此，她感觉并不陌生，所以心情更加奇妙了。看完画展，硕熙将视线投向宣传册，此时传来朱迪斯的声音。一位可能是画家的东方女子和朱迪斯一起往她这边走来。硕熙难以掩饰嘴角的笑容，在无风的美术馆里，画家的天蓝色丝巾和黄色风衣看上去依然在随风飘舞。画家的脸庞渐渐清晰，硕熙明白了青色色调的女子的真正原型是谁了。走出美术馆，会发生什么事情，也许谁都无法预测，但有一件事可以确定，那就是去画家的公寓打开行李……硕熙想，等到了那个公寓，一定先到阳台，去俯瞰经过的火车。即使下雨也不会躲避，就那样全身湿漉漉地长久地伫立在那里。说不定那里也会有人生。

문주 [1]

　　我踉踉跄跄地走向铁路，皮鞋越过黄色安全线，一半脚掌伸出了站台。猛然回头，只见曙瑛正盯着摄像机，好像在检查设备，曙瑛的学妹手拿照明板，哼着小曲儿望着铁路尽头。我拿着写有"문주"字样的瓦楞纸，从站台跳到铁路上。站台上站着的几个人，向我投来诧异的目光，曙瑛和曙瑛的学妹这才反应过来，慌忙向我跑过来。"没关系，"我指着显示列车到站时间的大屏幕说，"没关系，现在拍吧，快点。"

　　曙瑛一脸迷茫地看着大屏幕，又看了看我，很快察觉到了什么似的，马上将摄像机对准铁路，曙瑛的学妹也猛然举起照明板。在她们看来，比起站台，铁路应该更适合

—————————————————

1　发音为 munjoo。

做电影的开场镜头吧。她们不可能不知道，这个出生地、国籍和居住地都不相同的流浪者和没有安全保障的铁路是那么奇妙地相配。而且，对于电影的主人公流浪者来说，铁路是连接根源的不可替代的空间。

其实，我六岁时被发现的地方不是站台，而是铁路。火车司机发现沿着铁路行走的女孩处境非常危险，因为驶出车站不远，火车还没有加速，司机的紧急刹车停下了火车。年轻的司机从驾驶席上跳下来，一把搂住了被火车急刹车声吓得坐在地上号啕大哭的女孩儿。他给我取名"문주"，后来还把我送到首尔近郊的孤儿院。树木的香气、软饼干的白糖味道、柔软的手掌和硬实的脊骨触感，我想不起他的名字和脸庞，在我的记忆中，他仅是几个碎片。

吹过铁路的夏日微风中，散发着一股苦涩的味道。

在清凉里站拍摄完开场镜头，走出车站，曙瑛一直面带满意的神情。曙瑛的学妹看起来像个中学生，不过，摘下厚厚的眼镜，还是可以看出她属于二十多岁成年女性的眼神，她说要去电影院做售票兼职，于是先坐地铁离开了。自读艺术学院学习电影专业以来，曙瑛和学妹就一直互相帮助，共同合作，两人中一人担任导演，另一人做工作人员，就像亨利和他的朋友们……我和曙瑛聊着很多国家都会有的电影制作俱乐部，坐上了开往西村的公交车。

西村附近有一家咖啡厅，既是曙瑛打工的地方，也是她的工作室。曙瑛说，她每周在西村那家小咖啡厅工作三天，不打工的时候，她就常去那里写剧本或脚本。

"'믄'对应的汉字有一百多个，'주'对应的汉字有两百多个。所以'믄'和'주'可能会有两万种以上的组合方式。当然，如果去掉代表鹌鹑幼仔的'믄（鶏）'和形容牛喘息声的'주（犨）'等不常用汉字，数量会大大减少。"

到了咖啡厅，曙瑛就做了杯滴滤式咖啡，一边递给我一边如是说道。

我在连着备饮区的L形吧台前坐下来，在吧台板上写着"믄주""믄주""믄주"，想象着两万多个不同形状的房子。其实，长久以来，我一直认为"믄주"的意思就是门柱。大学时期，一起参加语言交流活动，互相学习了近四年的韩国留学生告诉我，《标准国语大辞典》中是如此解释的，对此我从未怀疑过。也许是因为我喜欢"门柱"这个释义。门柱，既支撑着屋顶，又是建筑物的重心，像是与我的生活相距最远的遗迹，对此我非常满意。《标准国语大辞典》中"믄주"的释义，除了"门柱"之外，还有其他解释，直到见到曙瑛后，我才知道这一事实。

灰尘。

一周前，在机场初见曙瑛时，听到我提到"门柱"的

释义，她拿出手机查词典，告诉了我以上事实。在韩国东北地区的方言里，"문주"有"灰尘"的意思。那天，在通往首尔的机场列车上，我想"灰尘"应该是"문주"的真正含义，这一想法始终挥之不去。一直以来，我都居无定所，即使是一阵微风，也会让我四处飘浮。随后，一股强烈的背叛感油然而生。也许那位司机师傅和我印象中的并不相符，他其实是个残酷之人，因为他可能认为被扔在铁路上的孩子，本就应该从这世界上消失，不留任何痕迹。而且，所有生命体在消失之前最后的形态都是灰尘。机场列车车窗外流逝的风景，应该是仁川和首尔之间的清新夏日，但在我眼里，布满有害灰尘的灰蒙蒙的空旷城市如同幻象一般不断涌现，而后又反复坍塌。

别再想了，"灰尘"这个意思一般不用在人名里，而且那个司机来自东北地区的可能性也不大。

我好不容易鼓起勇气对曙瑛说"总觉得应该是'灰尘'"时，曙瑛语气有些坚决地如是回答。

我想，是的，你是对的，在这个国家，你说得更对。喝了一口曙瑛做的咖啡，我站起身来。明天，我们约好要去一趟我被托管近两年的孤儿院。维罗妮卡修女虽然现在不再属于修道院，曙瑛似乎在期待，如果亲自访问孤儿院，说不定有机会联系上她。

从咖啡厅出来，我走回临时住所。两个多月前，曙瑛在邮件中写道：虽然不能支付片酬，但电影拍摄期间可以解决住宿问题。她提到的住所就是自己的独居房。读完关于旅居德国的韩裔法国剧作家的采访报道后，曙瑛勇敢地在邮件中写道："我电影专业毕业，想以纪录片的形式拍一部关于您的短片。""因为名字是家。"以这句话开头的第二封邮件，给我留下的印象比第一封更为深刻。这是她对我的提问"为什么会对流浪者的名字感兴趣"的回答。"名字是我们的认同感和存在感居住的家。在这里，一切都被遗忘得太快，我相信哪怕只记住一个名字，也是对消逝世界的一种敬意。"她的第二封邮件深深打动了我。其实，收到她的第一封邮件时，我已经对她的提议十分感兴趣了。不用担心住宿费用，在韩国待上近一个月的时间，这就像一个理想的休假计划，而且，追溯我曾用名字意义的电影内容也十分有趣。最重要的是，在拍摄电影期间，说不定能见到那位司机师傅，这种期待感一直萦绕在我心头，甚至令我无心工作。如果能再去一次那个我曾住过一个月的家，我愿意付出任何代价。最终，我坐上了飞往韩国的飞机，曙瑛的家成了我的临时居所。我在曙瑛家住的这段时间，曙瑛说要轮流住到独居的朋友们家。

　　到了曙瑛家门口。

曙瑛家位于陡峭的上坡路尽头一栋简陋的建筑里，在福禧餐馆的楼上。这是一个需要通过建筑外部的旧楼梯上去的避难所，所以有时会觉得，这个外部楼梯就是离开这个世界的通道……今天福禧餐馆依然没有客人，老太太半张着嘴盯着笨重的旧式电视机。曙瑛曾说，她刚搬来时，福禧餐馆就已入驻这幢建筑的一楼了，当时也几乎没有客人。据曙瑛推测，可能是因为餐馆看起来不太卫生，饭菜大多偏咸，但更重要的原因是老太太有些神经质，待人不太亲切。我还没在福禧餐馆吃过饭，这不仅是因为曙瑛的话，还因为老太太身上有我最害怕的老年人模样——已习以为常的孤独感和对这个世界的冰冷愤怒，而这一切都如实呈现在她佝偻的身体和暗淡的脸上。我不想由别人联想到自己终究会被这世界抛弃的未来。虽然我也曾好奇，福禧会不会是某人的名字？但我不想为了弄清这一点，去主动和老太太闲聊。走到楼梯的尽头，拿出曙瑛配的钥匙，打开玄关门。"福禧，刻在牌匾上的名字。"我下意识地低语道。

*

　　玄关门在背后关上的那一瞬间，视野内一片漆黑。感应灯坏了，外出前把窗帘都放了下来，阻断了外部的光线。我凝视着黑暗，呆呆地站在原地，像一个没有接到下句台词和下个动作戏指示的演员。亨利无比痴迷的银幕外世界难道就是这种地方？想到这里，突然感觉刚才我亲手关上的背后世界是如此陌生。不过说来也是，人们总是约定俗成地认为门外的世界是一个展开的平面四边形。

亨利在十二岁那年，跟随父母第一次去电影院，当时吸引他的，并非放映在银幕上的光之画面，而是演员消失在银幕外的断裂瞬间。他或她，去了哪里？又在哪里过着剧本之外尚未确定的人生？在观看电影的过程中，亨利一直被银幕之外的故事深深吸引。这个和银幕平行存在却不能被证明的想象领域，既是摄象机拍摄不到的空间，也是永远未完成的地方……亨利看电影时，养成一个习惯，就是想象银幕外的另一个故事，这种习惯自然而然促使他产生一个梦想，即成为一名电影导演。

他的人生并不顺畅。不，应该说他很不走运。他一贫如洗，上大学时，没能学习电影专业，他的剧本也未引起过投资者的关注。有那么一次，听说有位著名演员要出演亨利的电影，他们终于获得了投资。但后来那位演员改变了心意，资金被撤回。亨利的电影从未在影院正式上映过。后来我成为他的家人，加上丽莎的药费上涨，在俱乐部制作小规模电影的工作更是举步维艰。他当过超市收银员，也做过大厦清洁工、洗衣店管理员，可以说什么活儿他都干过，同时，他和电影也渐行渐远。

曙瑛的家依然漆黑一片。

穿过黑暗进入房间，打开开关，但荧光灯并没有亮。可能是停电了，也可能是荧光灯坏了，几天前就开始一直闪烁。我借着手机屏幕上发出的幽光找了会儿蜡烛，但很快就放弃了。曙瑛家很小，只有一个房间，配有一个厨房和一个卫生间，只能勉强收纳吃喝拉撒睡等的必需品，像蜡烛这种应急物品应该是不会有的。

我拿着钱包和钥匙走出曙瑛家。可能是小范围停电，只有曙瑛家和周围几扇窗户漆黑一片，远处灯火通明。我手扶栏杆走下楼梯，福禧餐馆玻璃门上摇曳的微光吸引了我的视线，老太太正坐在燃烧的蜡烛旁，墙上投影出大她三倍的身影，那影子似乎忧心忡忡地俯视着她。我凝视着这一画面，始终无法收回视线。餐馆里的烛光仿佛一个用于闪回的道具，一点一点向外蔓延，然后一下子照亮了我记忆中的某个部分。

光，那是一道道光，是插在蛋糕上的几根蜡烛发出的光芒。有人托着一个蛋糕走进昏暗的病房，人们齐声鼓掌，高唱生日快乐歌。那天是亨利五十八岁的生日，也是他放弃治疗、决定出院的前一天。亨利的朋友大多是无名的电影导演，他们在各种动物形状的气球下喝着啤酒，谈论近况或开着玩笑，但以永别为前提的派对一直十分沉郁。"娜娜……"派对快要结束时，坐在轮椅上的亨利轻声呼唤我。

"娜娜，想知道我最后要拍一部什么电影吗?"

我坐到亨利身边，亨利如是问道。"想知道。"我回答。亨利的遗言即将开始。远处，丽莎独自站在人群中，失去了色彩，就像利用编辑技术有意抹去色彩的黑白电影中的演员，也许在那一瞬间，她只是某人蜕下的影子吧。亨利讲完后，伸出一只手抚摸我的脸颊，那是将我四处分散的碎片——复原，然后拥抱我的手。我闭上眼睛，就像一只小猫，享受着他手掌的抚慰。

第二天，亨利和丽莎一起回了故乡，在那里生活了一个月后，亨利走了。

亨利走了。他走了，意味着他人生的最后一幕结束了。对我来说是第二幕，对丽莎来说应该是第三幕或第四幕。葬礼结束后，丽莎索性搬到亨利的故乡，也是她与亨利最后的旅行地——法国南部的一个小城市，在那里定居下来。过去的十年，丽莎从未离开过那座被阿尔卑斯山脉环绕的牧歌田园小城。丽莎曾在明信片中写道，干完了在保健所的清扫和洗涤等杂活后，在回家之前，她会去经常光顾的餐馆——亨利离开故乡之前，一直在这里当服务员——吃晚饭。虽然日常生活非常单调，但无须和一些杂念或上帝展开较量，所以活得舒服自在。我经常在脑海中想象那家她几乎每天都要光顾的餐馆。一个位于街角的餐馆，当一个孤独的高大女人走进去后，餐馆才像一个组装品一样，构成一个完整的空间；丽莎坐下就餐时，在餐馆，世界上的一个小角落里，她感受到了无限的自由……

冲动之下我推开了福禧餐馆的门。我只想在那大影子的保护下，在不断摇曳的烛光前吃顿热乎乎的饭菜。听到"丁零"的铃声，老太太转过头看向我这边。

*

我经常想象我从未经历的人生。也许从六岁起直到三十七岁，"문주"一直生活在韩国的某地，这种想象总让我开心不已。在韩国，"문주"会成为怎样的女人呢？做什么工作，又会和谁相爱？和娜娜应该有着不同的生活轨迹，但一定也有很多相同之处。比如，"문주"也像我一样在吃背部呈青色的鱼类时会拉肚子，走路时习惯不看前面，而是看地面；家里总是一团乱，堆着许多无用的

东西，像锈迹斑斑的戒指、破洞的T恤等都不舍得扔掉；桌上还会堆着几本未读完的书；笑得越厉害声调越高；蜷缩成圆形的绝望姿态；火车车轮的声音像鸣笛声一样萦绕在耳畔时，会在冰冷的沉默中茫然行走的习惯，这一切"문주"身上肯定也会有。对我来说，假想的"문주"是我生命之外的未知存在，同时也是另一个我。

维罗妮卡修女住的地方比曙瑛和我预想的还要远。三年前，她搬去了天主教财团运营的疗养院，在那里接受抑郁性痴呆症治疗，杰玛修女接替维罗妮卡修女成为新任院长。杰玛修女说，在那次风波发生之前，没有人知道她患病，她之前从未出现过类似症状，却在一个平凡的夜里彻底爆发了。那天，维罗妮卡修女打碎了房间里所有的圣物，然后拿起一个碎片划伤了自己的手臂和大腿。

"主啊！"就在杰玛修女继续讲述时，我的耳边再次响起丽莎的喊声，是曙瑛的机器录不到的声音。就在听到医生的诊断结果，得知亨利的癌症复发并且癌细胞已转移到全身后，醉酒的丽莎回到家，把衣柜、冰箱和浴室的门挨个打开，青筋暴起，对着里面大喊大叫："你真是个浑蛋，主！"

当时亨利在住院，目睹此场景的人只有我。平时除了必要的话之外几乎一言不发，不管在哪儿都是一副弯腰驼

背姿态的丽莎，从未表现出那天一样的狂暴。当我再次回想起那天的丽莎，突然觉得"문주"和娜娜是一样的。维罗妮卡和丽莎将自己孤独的挣扎巧妙地隐藏在日常生活中，而在某一时刻这一挣扎却撕破日常喷涌而出。在我看来，她们的孤独挣扎就像从同一个身体里产生的两个形象，非常相仿。在上帝这个无力的旁观者面前，那些痛苦的举动不过是些无谓的控诉……

丽莎却与维罗妮卡不同，她没有被逼到绝路，而这应该归功于亨利。近一米九的大高个儿，找不到一丝柔和曲线的体形，粗壮的骨骼和粗犷的嗓音。人们都把丽莎当成小人国的巨人，亨利却待她如肩膀上的小鸟，总是小心翼翼。我相信，丽莎正是因为拥有这样的记忆，所以才能重新开始人生的第四幕或第五幕。

"我想，他可能打算以后再来接走'郑문주'。"

当我看着在孤儿院找到的一份关于我的文件时，杰玛修女对我说道。文件中，孤儿院用给我取的新名"朴艾斯德拉"记录了我的身体基本信息、性格特征和领养情况。我从文件上移开视线，目不转睛地望着她。

"我指的是发现'郑문주'的那位司机。如果在路上看到独自哭泣的孩子，一般情况下，要么报警，要么带到附近的儿童保护所，很少有人会给孩子起名字，临时保护

起来。这似乎可以解释为，以后想领养'郑문주'。那么，这么说的话，他很有可能姓'郑'。"

我怔怔地点了点头。孤儿院的镜头，可能是给我点头的神情进行了特写，然后渐渐淡出。感觉曙瑛把相机对准我的脸部，将放大功能调到最大。

走出孤儿院，我和曙瑛以及曙瑛的学妹蹒跚地走到附近的公交车站。学妹拿着一个末端挂满毛线类东西的长杆状 Boom 麦克风，麦克风还不能折叠，就像一个戴着奇怪假发、沉默寡言的同行者跟在身后。曙瑛问怎么莫名其妙地带来个 Boom 麦克风，学妹说："早上在摄影工具租赁店里，看见这个高价 Boom 麦克风，没多想就拿来了，都没想到今天没有户外拍摄，根本不需要 Boom 麦克风。"她听起来有些委屈还有些生气，一点儿不像平时的她，可能是觉察到气氛有些沉郁，所以故意轻松地说笑。我和曙瑛只是淡淡笑了笑。

到达西村时，快下午三点了。我们没有约好下一次拍摄，就在咖啡厅前分开了。在回曙瑛家的路上，有个卖水果的摊位，我停下来买了一袋桃子。我摇晃着装有桃子的黑色塑料袋慢慢走着，不知不觉间加快了脚步。停在福禧餐馆前的救护车，在我到达之前就发出嘈杂的声音朝大路驶去了。在福禧餐馆吃顿过了饭点的午饭，然后和福禧一起吃桃子的计划泡汤了。我一动不动地站在原地，不住地喃喃自语，"福禧""福禧"。

*

曙瑛拿着两杯自动售货机里的咖啡坐到我身旁。在昏暗的走廊一端，曙瑛和我你一口我一口喝咖啡的声音就像涟漪一样远远地扩散开去。

在取来咖啡之前，曙瑛细细讲述了过去三天发生的事情。故事从曙瑛在铁道厅工作的大学朋友的哥哥那里拿到了司机们为方便联系而做的内部地址簿开始。在地址簿上，曙瑛挑出现年五十六岁的司机，尝试联系了一下，有人已换了号码或已辞职联系不上。其中有人追问是怎么知道他们号码的，还有人怀疑曙瑛"擅自摸人底细，目的不纯"。这是一件让人极有精神压力的事情。

但是曙瑛并没有放弃，她耐心地反复提出了同样的问题。请问您三十年前开过从清凉里站出发的火车吗？在铁路上救过一个小女孩儿吗？您知道"문주"这个名字吗？而那些人的态度大多不太亲切，回复内容也很不明确。每结束一通电话，曙瑛都要听一下音乐，并特意调高音量，以缓解内心的尴尬和难为情。经过数十次尝试，当一个司

186

机说"对在铁路上发现的孩子还有些印象"时，那一刻已经疲惫不堪的曙瑛不禁发出了欢呼。

当时，他还是个新手司机，大概在三十年前的某一天，同事把一个瘦小的女孩儿带到站里的值班室，因为同事还得去值班，所以其他司机还买来零食和玩具来安抚哭泣的孩子，他确信有这么回事。他缓缓说道。曙瑛双手捧着手机，哽咽着说了好几次"谢谢"。这是向多年前救下一条生命的那位司机传达谢意呢，还是向电话那头没有忘记同事的这位司机致谢呢？那位司机师傅叫什么名字？他还在铁道厅工作吗？能告诉我联系方式吗？情绪稍微平息后，曙瑛才勉强问道。电话陷入沉默时，我感觉自己心脏都要炸开了。

"不是有那种情况嘛，就像照片折起来的那部分，展开后才发现那竟是整个场景中最重要的一部分……明天的见面也可能是这样一个过程吧。"

曙瑛说着，把喝完的纸杯对折。我沉默不语，只是点了点头。线索。这存在或可能不存在的线索，是我能拥有的最大幸运。

不一会儿，我们站起身来，一起走向医院大厅。曙瑛似乎有些担心我，特意用明朗的语气说，听说我在医院陪护福禧餐馆的奶奶时，她十分惊讶。可以理解。在福禧餐馆只吃过一次饭的我，会陪护不知何时心脏会停止跳动的福禧，这也是我始料未及的事情。福禧因脑出血晕倒，目前处于昏迷状态。显示心跳的心电图仪出现异常或停止运转时，呼叫值班医生或护士，这是我在陪护时需要做的事情。

起初，我也从未想过会在韩国和一台名为"心电图仪"的陌生机器一起度过一些时日。经过多方打听，来到福禧的病房时，正好有一位年轻的护士拿着新病号服走了进来，她对我的到来表现出极度的欢迎，问我是不是患者家属。当我回答不是家属，而是认识的邻居时，她露出遗憾的神情。患者不知道什么时候会去世，在没有监护人或专属护工的情况下，把患者单独留在病房，这总让人放心不下。给患者办理住院手续的姐姐，以及来探望的几个熟人都是老人，她们连自己的身体都照顾不好，更没有能力陪护病人。如果有人帮忙检查心电图仪的话，就可以防止患者在无人陪护的情况下孤独地离去。如果就那么走了，是多么悲伤的一件事情啊……我不自觉地上前帮着一起给福禧换病号服，没想到护士会向我倾诉这么多。我静静地望着一无所知、安然沉睡的福禧，想起了停电的那个夜晚。"要不要再给你点饭。"她一边问一边悄悄坐在对面，给我倒水，还把小菜推到我这边来。和传闻不同，她很亲切，像小孩子一样很有好奇心。可能感觉我韩语说得有些别扭，她很是好奇，问我为什么会住在福禧餐馆楼上。

"第一，知道吗？第一，Number one！我 Number one 要感谢和对不起的人，跟你很像。我，吓了一跳。"

可能意识到了我是从外国来的，她突然换了种对孩子讲话的口吻，说"吓了一跳"时，她眼睛瞪得溜圆，嘴巴也张得很大。吃饭时，我也一直诧异地望着她。坐在对面的福禧一直面带浅浅的微笑，但我却感觉她看起来十分悲伤。内壁上不断添加伤口，随着时间的流逝，一颗总在受伤的心像个球一样滚动而来。如果把这颗心雕刻成人脸的话，我想就会是她这般模样吧！

护士拿着从福禧身上蜕下的表皮一样的病号服正要走出病房，我突然叫住她，对转过身来的她脱口而出："我一有空就来陪护。"

事情就是这样开始的。

"那个奶奶不是叫福禧吗？病房里写着别的名字。"

专心听我讲完，曙瑛正要打开医院大厅的门，突然这么问道。

"上次在餐馆吃饭的时候，我清楚地听到小区的一个奶奶叫她'福禧'来着。"

"是她女儿的名字吗？"

"女儿?"

"在韩国,有子女的女性有时会被叫子女的名字。"

曙瑛不以为然地说完,离开了医院。

曙瑛回去后,我站在病房的窗口,俯视着聚集在世界一角的黑暗。如果福禧真的是她女儿的话,那么福禧现在在哪里?她为什么不来守着妈妈?满脑子都是这些疑问。可以推测出几种情况:两人断绝了关系,或者她女儿去了另一个通过任何通信手段都无法联系到的世界,还有一个我一直想回避的残忍假设,这一假设在遥远过去的不确定空间里,像被浓雾笼罩着一般若隐若现,那就是,她女儿也像我一样,被遗弃后徘徊在一个未知场所,可能是游乐园的售票处前,可能是市场中心,抑或是高速公路的休息区……她说有个和我长得 Number one 像的人,要说对不起和感谢的人,她说这话的声音再次浮现在我的脑海里,散发出一股不祥的气息。我慢慢地转向她。

"福禧现在在哪里?"

在我自己听来,质问的声音都有些冷漠。如果摘下她的氧气呼吸器,使劲摇晃她的肩膀,感觉她会一脸茫然地醒过来,怔怔地望着我。我会让她说:"请您回答,不是抛弃,更没把她扔在随时会陷入危险的铁路之类的地方。"也许我会冲着睡眼惺忪的她,失魂落魄地这么大喊大叫。

我来回看着她平静的脸庞和一切正常的心电图仪，然后转身离开病房。今晚没有心情在病房里陪护。也许，再也不会怀有那种善意了。

*

"娜娜，我想拍一部有关我们家族起源的电影。"

亨利在五十八岁生日那天如是对我说。

"那是一个夏天。"他皱着脸部所有肌肉，努力挤出一丝微笑，继续说下去。

很久以前的一个夏天，亨利和丽莎坠入爱河。早晨醒来，从窗缝里投射进来的圆锥形阳光，就像守护他们爱情的自然之光。那光之世界的入侵者是几年前曾和亨利合作过电影的同事。亨利和丽莎手牵着手在海边散步，看到那个同事从码头对面走过来，亨利顿时僵在原地。那个同事在某一天突然消失，连招呼都没打，后来在一个比较专业的机构里学习电影，还通过一部长片首次踏入电影圈，获得了圈内人士的一致认可。对面的他也认出了亨利，笑着走了过来，并主动跟亨利握手。亨利不知不觉间放开了丽莎的手，也没有向同事介绍丽莎，只是板着脸听对方聊着自己即将开拍的新电影，直到同事离开，亨利才意识到身

191

旁丽莎的存在。亨利就像发现自己是赤身裸体的原始人一样羞愧，无法直视丽莎。

回到住处后，两人依旧一言不发，最终丽莎打破了沉默。她说，如果你觉得我丢人的话，那我们分手吧。亨利恳切地低声道："求你了，丽莎。"他对背对着自己的丽莎坦言："那一瞬间感到很丢人，这让我现在非常混乱。但可以明确的是，感觉你丢人的我，让我更加羞愧，如果这种羞愧是真心的话，那表明我依然爱你。"丽莎应该没有质疑亨利的真心，也许她从来都没有怀疑过。那天晚上，丽莎第一次向亨利坦白了要个孩子的想法。亨利静静地凝视着丽莎，他知道丽莎自青春期以来长期服用生长激素抑制剂因而无法怀孕。那天晚上，他们做了两个决定：领养一个孩子，为她取名"娜娜"。"娜娜"是他们第一次约会那天，在巴黎郊外一个古老而破旧的剧场里观看的黑白电影主人公的名字。

娜娜就这样来到这个家。就在一个人的渴望遇到无法控制的嫉妒，从而导致两个人的爱情方式发生转变的时刻，我通过在郊外电影院上映的黑白电影，来到了他们的世界……

那位司机来到曙瑛工作的咖啡厅，他因膝盖生病，辞掉了火车司机的工作，现在管理一个只有木槿花号慢车停

车的小火车站。他说，不清楚同事给从铁路上救下的孩子取名字的事情。这位司机师傅从一开始就没有解开"문주"意义的线索，不过，通过他了解到那位司机姓郑。杰玛修女的推测是正确的。那么，她的另一个推测，郑师傅以后想着把我接回去的推测也是正确的吗？当时郑师傅正准备结婚，等婚后生活稳定了，也许会说服妻子领养我，说不定还计划有一天让自己的亲生子女叫我姐姐。但是……

但是，这一切都只是一种可能。

自从消失在我生活的银幕之外，他就再也没有登场。而且，从去年开始，他已无法进入"这个世界"的银幕，现在已经没有任何证据可以证明他的真心了。

"但是有一点可以确定。"可能是面对摄像头时有些不自在，这位司机向曙瑛那边瞥了一眼，继续说道：

"在清凉里站确认没有儿童失踪申报后，也就是确定那孩子没有父母照顾之后，郑师傅开始慎重地寻找孤儿院。当时，经常虐待和殴打儿童的无许可孤儿院非常多，报纸上也经常报道。为了把孩子托付给一个信得过的孤儿院，他可以说费尽了心思。"

郑师傅找到天主教财团运营的合法孤儿院并进一步联系，中间大概用了一个月的时间。在那一个月里，我居住

在"문주"这个名字里，得到他的保护。他的家是一处老
式韩屋，在一个斜坡上，一到下雨天，渗透到每个角落的
木头香像薄荷香一样扑鼻而来。他的母亲也住在那所房子
里。见到坐在桌旁的我，她总是不住地咂舌，每天晚上都
会训斥郑师傅，要他赶快把那丫头送走。快要结婚的儿
子，却突然带回家一个孤儿，她的担心可以理解。但郑师
傅依然给我买软饼干，一起坐在桌旁吃饭时，一直让我
"一定要多吃点"，在去孤儿院的那天，还买了一件很贵的
衣服给我穿。"문주呀。"他多次这么叫我了吗？

不记得了。就像被剪辑或删除的胶片一样，他呼唤
"문주呀"的声音消失在我的记忆里。

曙瑛和我一起把司机师傅送到附近的地铁站，转过
身来，曙瑛握住我的手。知道了郑司机的名字，所以应
该可以找到他的家人，曙瑛相信他家人中肯定会有人知
道"문주"的事情，她问我是否愿意参与到那个肯定会需
要很长时间的工作中。我坦言道："不管'문주'是'门
柱'还是'灰尘'的意思，抑或只是郑师傅认识的熟人的
名字或翻阅电话簿时随意挑选的一种符号，现在都无所
谓了。"为什么把在铁路上发现的孩子称为"문주"呢？郑
师傅在呼唤"문주"的瞬间，心中是否起了涟漪？也许当
初我想知道的并非"문주"的含义，而是这些。现在……

曙瑛答道：

"现在，这些都成了未知的领域。"

我点了点头，我们相视一笑。

曙瑛说要和学妹开个会，讨论电影后半部的制作工作，现在要去见今天没有参与拍摄的学妹。我独自走回曙瑛家，收拾行李，准备出国。

大老远就看到福禧餐馆的门大敞着。门上挂有一盏黄色的灯，直到第二天，我才了解到那盏灯是宣告一个人死亡的标志，不过，第一眼看到的瞬间，我就感知到了它的意义。餐馆的招牌也已经摘了下来。走近一看，餐馆角落里高高地堆满了桌子和椅子。我没有上楼，抽泣着在餐馆周围慢慢转了一圈。餐馆后面的小空地上，到处扔着生活用品。低矮的梳妆台和塑料衣柜歪斜放着，露出了抽屉，黑白色调的衣服、毯子和被子上到处是脚印的痕迹。在装有雨伞、电风扇、晾衣架等物品的大纸箱子旁，放着福禧餐馆的牌匾，看上去就像一个无亲无故的墓碑。这些都是福禧的遗产。我慢慢走到梳妆台前，凝视着梳妆台上的镜子——一个可以带我去任何地方的闪亮碎片。想象着如果把视线从镜子上移开，娜娜会留在镜子里，而"문주"则会被推到镜子之外，想到这些，我不禁感到一种失落的喜悦感。

195

我转过身来。

　　走出空地，我漫无目的地走在无剧本也无摄像机的"문주"的领域。因为好奇背后的故事，所以没走太远。不知何时，我停下脚步，回过头来，这才发现平面四边形的世界已消失不见，一幢幢房屋正在倒塌，分不清里外。夜幕从远处徐徐降临，就像停电一般。黑暗中，只有灯光的那抹黄是唯一的颜色。

小人物之歌

　　钧急忙睁开眼睛，手中触到的手机的金属感证明他已从梦中醒来，但梦中的雨雪似乎跟着他来到了这个五坪的一居室，在空中漫天飞舞，这光景是如此真实。

　　钧刚才做了一个梦，梦中的他在无尽的黑暗中不停坠落，耳边萦绕着她们的歌声，一如既往是一些并不动听的赞美诗，连和声都不和谐。很久以前，离开保育院后，他就再也没见过她们。在他的记忆中，对她们的印象只剩下一块长着一张微笑红唇的肉，即便如此，那个噪音却依然时不时地控制着他的感知，仿佛现实之外的某处有个采集她们歌声的机械装置一般。"艾莉。"每当感到孤独时，钧就会这样习惯性地轻声呼唤艾莉。一想到艾莉，就能暂时忘却那份孤独。唯一答应会永远为我的健康和平安祈祷的人，我唯一认可的家人！可是，为什么六个月以来都没收到艾莉的回信呢？钧很久之后才想起这事儿，他甚至在梦中都感受到难以抑制的失落，这种失落感很快带来一股寒意，仿佛要冻僵他的整个身体。冻得发抖的意识如同一种解体梦境的信号，逐渐消除了周围的黑暗。当消除黑暗的白光再次支离破碎，变成小点儿，化作雨雪飘舞时，钧慌忙睁开眼睛，在天花板飘落下来的假想雨雪中……

回头想想，离开保育院的那天也是雨雪交加。钧的记忆拉回到二十年前，那天，他静静地仰望着米色的屋顶，屋顶高耸入云，连着初冬的天空。保育院位置偏僻，连公交车都不通行，平日里无比冷清，那天却熙熙攘攘，人头攒动。人群中有警察，有记者，还有来确认孩子们是否如媒体报道中那般凄惨的看热闹的人。院长和教师们戴着手铐低头走向警车，到处亮起相机的闪光灯，看热闹的人群中不时传出辱骂声。十一岁的钧和其他孩子紧紧趴在保育院的窗户上，默默注视着这一切。他们只是对眼前的情景有些不知所措，对世人迟到的关心并未产生丝毫感激之情。在钧看来，大人们来得太晚了，这就意味着什么都无法挽回。钧独自离开窗边，在保育院狭小黑暗的走廊上走了很久。他一边走一边想象着守门人齐嘉的关怀，他们把玩具扔到猛兽所在的笼子里，然后尽情地观赏，直到玩具即将死掉才打开笼门。之后每当机构里的孩子被爆出惨遭虐待时，那个保育院就会被当作典型案例拿出来讨论，此类事件每次都能引起很多人同样的愤怒，对于他们，钧总是投以冷淡的目光。他既不赞同也不参与，更从未向他人透露过自己曾在那种保育院待过六年的经历。

那天，孩子们乘坐大巴来到儿童保护所，接受大人们的随机选择，选择的瞬间在一定程度上决定了他们的未来。有亲戚来接的，也有亲生父母来接的（虽然是极少数），他们都上演了哭着把孩子搂在怀里的戏码。剩下的孩子只是心怀嫉妒地默默注视着这一幕。在接受过一定时间的咨询治疗、补充营养后，多数孩子会被转移到其他保育院或送养到海外。第二年春天，经儿童保护所的介绍，钧被转到位于首尔近郊的一所保育院。高中毕业后，他来到 U 市，成为一名焊接工，辗转于各大工厂，他的这种命运应该也萌芽于那一时期。那一百多个孩子四分五散，彼此没有联系方式。钧偶尔十分好奇：他们当中有没有一个幸运者，可以把在保育院的日子完全忘掉？如果有人得到如此眷顾，那么，和之前被亲生父母拥抱的孩子相比，钧肯定会更加嫉妒这个人。至今，钧仍记得好多事情，身体也养成不少习惯，比如吃东西的速度比别人更快，不轻易相信他人，这些习性都很难改变。早上六点一到，他会自然醒来，这是因为每到这一时间，响彻整个保育院的起床铃不仅印刻在他的听觉器官里，还渗入了他身体的每个角落。虽然偶尔因为睡得太沉没听到铃声，但从未发生过明明听到铃声，却依然明目张胆地继续躺着或耍赖不想起床的情况。在那里，不光是钧，其他孩子也从未那么做过。孩子们善于察言观色，可以本能地感知危险，只要被叫到名字，就无条件主动认错并请求原谅。虽然他们早已以一种异于同龄人的方式生存着，但多数孩子依然每隔三四天被关禁闭、狠狠抽打或挨饿。除了六点起床外，保育院里还有无数规矩，如吃饭时不能闲聊，饭后不管外面多冷都要做三十分钟体操，每个月还要被老师用生疏的技术剪掉两次头发。他们无处逃遁。那里既是保育院，同时也是一种替代性学校，由保育老师进行家庭教学。在那里，钧既没有出去上学，也几乎不被允许外出。连悲伤都是一种奢侈的记忆，一种被剥夺了忘却权利的强烈感觉……

　　睡意全无，钧从床上起来，走向窗边。他将遮光窗帘拉开一拃宽，U市一缕阴冷的晨光渗进房间。饭桌兼作书桌的桌子上一片狼藉，上面还堆着空烧酒瓶和烟头。他拿起桌上昨夜写给艾莉的信，重读信件内容，上面那些在醉意朦胧中写下的感伤文字，他很是不满。对子女矫揉造作地撒娇，是那些不着调的父母干的事，他并非为了成为那种父母，才援助艾莉近十年的。钧把信件连同烟头一并扔进洗手间的垃圾桶。转过身来，钧决定，要重新写信，这次不再写因杳无音信而倍感失落或担心难过的内容。

*

到了邮局，刚要取号时，崔律师打来电话。如果不接，他还会再打来几次，想到这些，一股疲惫感已然涌上心头。记不清是造船厂的理事还是常务对他说，尽量不要和崔律师接触，即使见面，对于宋的事故也要三缄其口。即便没有不知是理事还是常务的特别嘱咐，钧也打算尽量回避崔律师的联系。

宋的事故发生在两个月前。

宋在二十多米的起重机上进行拆除作业时，支架突然断裂，宋坠落下来。造船厂当时没有立即叫救护车，而是慌忙用卡车把宋送往医院，在到达医院之前，宋因肠破裂死在卡车上。之后警方展开调查，以劳务辩护著称的崔律师来到 U 市。崔律师联系了死者家属，还尝试与当时同在事故现场的死者同事取得联系。在市内的一家咖啡馆里，钧和他见过一面。"在那么危急的情况下，造船厂不叫救护车，而是把宋装上卡车运出现场，就是担心该事故被认定为工伤事故，这纯粹是一场阴谋。"崔律师提高嗓门大声道。默默听完崔律师的激动发言，钧并未答应为宋出庭作证。钧和宋的死没有任何关系。事故发生之后，在善后的整个过程中，唯有这一点是他可以确定的客观事实。当钧回答，因为毫无关联所以没有资格作证时，崔律师的表情立马变得冷若冰霜。"原来你已经和造船厂接触过了！"崔律师生硬地说道。钧极力否认。事实上，直到那时，他尚未与造船厂的任何人因宋的事故见过面。崔律师似乎并不相信钧的话，他脸上飘着一丝疑云，眼神中透露出寒意。钧甚至感觉自己已被他无情地扔到内心的垃圾处理场。他不会知道钧每隔几天就会去看望一次宋的母亲，偷偷照顾她。不，他好像也不想知道。钧只好赶紧站起身来，走出咖啡厅，他把握手时崔律师给的名片撕成碎片，扔在地上。那天，他耳边又回荡起她们的歌声了吗？也许吧。每当内心剧烈动摇时，那个噪音就会更频繁更深入地侵犯钧的现实。也许正因如此，他感觉那天 U 市的街道格外凄凉，如同通往世界尽头悬崖的通道。此后，钧自然地不再接听崔律师的电话。大约过了一周，他接到不知是理事还是常务的电话，那人让他避开崔律师的联系，接着委婉提议，警方调查结束后，会在造船厂给他安排一个职位。如今，每个造船厂都在进行结构调整，原有职工都在被陆续裁员，这种情况下获得一个岗位，简直是一个令人心驰神往的提案。宋发生事故之后，在合同到期之前，造船厂取消了和钧所属的承包公司的合作，钧随之陷入失业状态。不靠承包公司，直接进入造船厂工作，这意味着生活各个方面都会发生巨大变化。钧有些动摇。确实有过动摇的瞬间。出于经济原因，他从未跟任何女人提过结婚事宜。每当没活儿干时，一觉醒来，首先要做的就是确认账户余额。这种穷酸的爱情经历和苦难日子，他真是过够了。然而，钧却斩钉截铁地声称"不接受该提案"，还说："我不会再和崔律师见面了，不必担心！""看见了吧？"走出造船厂，钧一直走到 U 市港口，望着大海，他低声咆哮，"我没有像你们一样妥协，看清楚了吗？"

崔律师又打来电话，但钧依然强忍着没有接听。正好此时轮到了钧取的号码，钧走到服务台，用挂号信把信件寄了出去。盖好邮戳的信件被随意扔进服务台里边的篮子里，钧怔怔地看着这个场景。信件会先寄到援助组织，在那里被翻译成艾莉可以读懂的英文，然后再寄往菲律宾。翻译过程中，重要内容会不会有遗漏或被修改？钧心头突然产生一丝疑惑。译者会不会故意恶作剧，添加一些令艾莉厌恶的低劣句子呢？疑惑像面团一样越滚越大，最后他慌忙拿出手机，翻找通讯录，他突然想起一周前产生同样疑惑时，自己和负责职员通过话。那天，钧听到非常官方的答复，说专业翻译义工正在顺利翻译中，他当时没作任何回答，挂断了电话。通话结束后，他觉得自己像个故意找茬的无聊之人，一整天都不好受。真是一场无聊的骚动。

把手机放回包里，走出邮局，他顿时感觉自己无处可去，一股比清晨时更浓烈的孤独涌上心头。钧自然而然地想到宋的母亲。不，也许是为了想起她，才意识到自己无处可去。她不是说过吗，欢迎随时来自己家，儿子的朋友也是自己儿子。在听到这句话的瞬间，他身体的一部分如同燃烧起来一样，这令他激动万分，同时又痛苦不已。那时的感觉，他至今依然记忆犹新。一直以来，从未有人跟他说过那种话。一想到跟虽然不是母亲但近似母亲的人面对面坐在饭桌前，一边唠家常一边吃晚饭的场景，他心底不由得涌出一股暖流。在遥远的未来，菲律宾的艾莉也将一起坐在那张饭桌旁。

*

在宋出事之前，钧见过宋的母亲几次。宋喜欢把同事带回家，宋的母亲似乎也很乐意招待儿子的朋友。宋尤其对在 U 市独自生活的同事特别照顾。钧起初没有拒绝宋的邀请，经常去他家吃晚饭。在空荡荡的房子里，他打开下载到电脑里的外国电视剧或电影，一边看一边大口吃着便利店的便当凑合填饱肚子时，内心总是泛起波澜，会非常想念宋的母亲做的饭菜。但是，这样的日子并未持续太久，不知从何时起，钧开始努力控制自己，不去宋的家里，也不再私下跟宋联系，即便收到邀请也会找各种借口推辞。跟他人一起分享用心准备的饭菜是件幸福的事情，但吃完饭走出宋的家门时，心头会涌出一股无法言明的缺失感。在儿子回来之前摆好饭菜，吃饭时一直讲解食材和烹饪方法的母亲，钧从未拥有过，今后也不会拥有。总是这么敏感地意识到自己客人身份的感觉，钧不喜欢。

只留下背影的女人……

这就是钧关于母亲的全部记忆。说是带他去一个好地方，给他穿上干净衣服后转身蹲下抽烟的背影；换乘三次公交车到达保育院时握紧拳头急切地敲打铁门的背影，在《放弃抚养承诺书》上盖完章后，匆忙跑出保育院的背影，这所有背影的集合就是母亲的全部。因为背影没有面孔，所以无法复原她的眼神和声音。钧所在的保育院连日被媒体曝光时，她也没来看望过钧，也从未打过一通电话询问钧的情况。那时，钧相信母亲已经死了。比起两次被母亲抛弃的绝望，成为真正孤儿后的那份孤独，他感觉更为熟悉。这种信念虽然给人一种匮乏感，但并不锐利，所以依靠起来比较舒服。直到二十四岁那年冬天，在接到一通陌生来电之前，他的信念一直异常坚定。电话那边，一个年轻女性向他简短介绍了安置在市立医院的一具无亲属尸体。尸体发现于首尔站地下通道垃圾桶旁，死因推定为酒精中毒和低温症，编号为 Sa06-02……钧没有去确认那具尸体。在尸体临时安葬的前一天，他乘坐火车去了首尔，虽然到了市立医院，但只是在附近徘徊到凌晨，始终没有进去。在垃圾桶旁冻得瑟瑟发抖、悲惨死去的流浪者的背影……母亲最后的样子过于沉重，天亮时分，在走向地铁站的路上，钧跟跄多次。

那天，钧在地铁里看见一幅跨国援助组织的广告牌。抬头凝视着照片中"请成为第三世界儿童的父母吧"的文字，以及抱着黑人男孩的慈祥老夫妇，他竟然哽咽起来。那天，他低声抽泣许久。在地铁首班车里，一个成年男人蜷缩着身体泪流满面的样子，是钧能表达的最沉痛的哀悼。回到 U 市，他立即给那个组织打电话申请提供援助。虽然当时没上班，正在休整期，但他并未迟疑。安排给他的孩子叫艾莉。我的艾莉，出生在菲律宾农村，由一个未婚妈妈所生，梦想是成为一名护士，有着一双清澈的大眼晴……十年间，那个曾经七岁的小女孩儿艾莉，已经是一名高中生了，现在在城市里读书。每长一岁，艾莉就寄来一封信，附上自己的照片，在最近的信中，她还写道，等上了大学，打算学习韩语，想来韩国看望钧。"祈祷爸爸永远健康平安。女儿艾莉。"艾莉寄来的信总是这样结尾。虽然经过了身份未知的译者加工，但与在地下通道垃圾桶旁独自迎来的死亡相比，这些文字让他无比安心，钧认为这已足够。

不知不觉间，钧已站在宋的母亲所住的老旧联排住宅三楼前。按响门铃，他捋了捋头发，整了整衣衫。宋的葬礼结束之后，每隔三四天他就会来一次。每次站在玄关门前等待开门的时候，他都感到十分尴尬，有时还会有些害羞，就像一个没有收到请柬就来参加聚会的人。不过当他走进家里，就顾不上尴尬和害羞了，满眼都是活儿。他修好歪掉的抽屉，更换荧光灯，打开吸尘器打扫。宋的母亲平时不再做饭，有时钧会带着她到市里的餐馆吃饭，偶尔一起逛逛市场，买一些生活用品回来。然而，只有在跟她聊起宋的时候，钧才会感到些许安心，如同拿到可以待在这个家的许可证。钧聊起宋聚餐时唱的歌，宋跟女友通话时的表情，即使是些琐碎片段，也能让宋的母亲重新找回活力。她聚精会神地望着钧，似乎在催促他接着说，继续讲。钧很清楚，"欢迎随时来玩"或"儿子的朋友也是自己儿子"的话，绝非只对他一人说过，她对前来吊唁的宋的同事和朋友都这么说过。她从未主动联系过钧，即使钧来过她家多次，每当看到玄关门前的钧时，她依然显得有些不知所措。偶尔四目相对，会发现她痛苦地蹙紧眉头，像是发现身边的人不是宋而感到失望似的。有一天，她还拍打着地板，放声痛哭，喊着"为什么死的偏偏是我的儿子"。没有什么好遗憾的。他只是小心翼翼地行事，尽量不让她误认为自己的好意是为了偷偷占据宋的位置。只是，人的想象是自由的，有时再怎么小心也是徒劳。人一旦深陷想象，只有用低劣致命的语言逼迫自己才能走出苦恼的沼泽，只是那沼泽之下的思念，并没有确定的对象。

玄关门开了。门打开一拃宽，他感觉宋的母亲今天表情格外冷淡，就在这时，他看到宋的母亲身后走来一个人。等那人的面孔渐渐清晰，钧后退一步。心中扬起灰蒙蒙的尘土，在飞扬的灰尘中，他看到一张破碎的餐桌。破碎的可能不仅仅是餐桌，还有餐桌上自然叠交在一起的手，沾满口水的筷子随意碰撞发出的声音，充满真心的建议和担心，默认守护彼此的决心，所有这些……为了拥有别人从出生起就享受到的幸福时光，他曾竭尽全力，现在连这份期待都要舍弃了。

"好久不见。"崔律师说着，替宋的母亲打开门。钧向崔律师漫不经心地点头致意后，再次艰难地将目光转向宋的母亲。她仍然只是盯着钧，未打招呼。她的沉默完全封锁了钧的靠近，这令钧倍感伤心。如果她追问"你有什么脸来我家，是不是造船厂派你来打探情况的"的话，心里虽然感到委屈，但不至于如此伤心。"请进。"崔律师说道。钧眼神空洞地望着面前的崔律师，崔律师表情从容，似乎对钧一直以来小心翼翼搭建起来的未来餐桌在瞬间破碎崩塌的事情一无所知。钧用力抚了一把脸，默默转身离去。身后传来崔律师喊他的声音，但他并未停止脚步，而是快速走下楼梯，走出大门，拼命地跑起来。

*

跑了一阵儿后，钧才意识到耳边又响起她们的歌声。这次声音尤为响亮，感觉耳朵都快震聋了。跑着跑着，他捂上耳朵，继续奔跑。是左边还是右边来着？在他停下来喘息时，感觉可能是左边也可能是右边的脸颊火辣辣地疼了起来。伤痛不会使灵魂成长，只会不断地侵蚀灵魂。"战胜伤痛会使人成熟。"这句话在钧的世界里只是一种不合时宜的美丽，令人生厌的华丽辞藻而已……那些记忆一直印刻在他的脑海里。恨死了那些在自己挨打时旁观的孩子，但到了第二天，自己又不得不躲在围观的人群中，表现出一副与挨打的孩子毫不相干的样子，这些都是他永远抹不掉的记忆。暴力逐渐蔓延，在孩子之间也经常发生。为了少挨几下打，多吃点东西，孩子们之间相互殴打、诽谤，制造并传播各种丑闻。他们互相嫉妒、背叛，彼此怨恨和欺凌。应该已经忘记了吧，刑满释放的院长和教师们、保育院管理人和供餐的食堂职员，以及目睹瘦得异常的孩子一瘸一拐地走过依然置若罔闻的保育院周边村民，他们现在应该都忘了，在幸福地生活着吧。为什么我还没从堆积如山的记忆中走出来？如此顽固的苦痛，如同经历一生都不会出现裂缝的结晶体，还有……

还有她们。

她们是保育院合作教会的主妇唱诗班成员，也是唯一来保育院访问的外部人员。包括钧在内的所有孩子都殷切期待她们来演出的复活节和圣诞节。孩子们等了又等，盼着她们带来力气强大的大人，这些大人可以发现他们衣服下的淤青和瘦骨嶙峋的身体。然而，在她们持续到访的数年里，并没有发生那种事情。有些孩子走近她们，悄悄告诉她们那里的暴力行为，也有孩子把自己父母或亲戚的名字告诉她们，拜托帮忙联系，然而那些孩子从未得到任何答复。她们只是和自己人坐在一起，补补妆，穿上垂着草绿色衣摆的白色唱诗服。演出开始后，她们走上讲坛，高声赞美神之爱和人类信仰。演出结束后，她们就和抱着相似礼品盒的孩子们一起合影留念，然后匆匆离开保育院。她们乘坐的面包车离开时，总是发出怪异的引擎声，接着扬长而去，那是粉碎半年来一直怀揣的希望的摩擦声，也是宣告孩子们再次与世隔绝的警告音。有一次，钧偷偷跟着一名唱诗班成员进了洗手间。她当时大概是钧现在这个年纪，在那些人当中显得最年轻，看上去非常善良随和。钧本打算请求她把自己带走，去哪里都行。除此之外，别无他求，即便有什么想法，也绝对不会纠缠她，让她为难，但那天钧事先准备好的话到了嘴边却没能说出来。在通向洗手间的走廊里，钧抓住她的裙角，她吓得转过身来，抬手扇了钧一巴掌。尽管只是像推开似的轻轻打了一下，不知是左边还是右边的脸颊却火辣辣地疼起来。她低头盯着钧，两个黑黝黝的瞳孔晃动着，像是在辩解没有要打的意思，但又不得不打。随即她跑向洗手间的反方向，直到演出结束坐上面包车，她一直在躲避钧的目光。那之后的演出，钧再没见过她。可能，她不想再见到他们中的任何人了吧……

即使二十多年过去了，她们仍然不知疲倦地跟着钧，反而比院长和老师更常浮现在钧的脑海里。思考的尽头连接着想象，想象无限扩大，变得如事实般坚不可摧。脑海中浮现出一系列画面：演出结束后她们乘坐面包车离开，到市内餐厅聚餐的场景；烤肉前她们一起虔诚祈祷的样子；第二天，她们为家人做饭，叫醒家人，刷锅洗碗打扫卫生，拿着缴费通知单去银行缴费等的琐碎日常；跟邻居在路上微笑着互致问候；柔声细语地跟孩子们说话，坐在电视机前看到负面新闻时不断咂舌的油亮嘴唇……这些都过于具体地浮现在他的想象里。随着复活节和圣诞节临近，她们开始为演出忙碌地做准备，定期聚在一起排练，中间休息时，或许还会讨论保育院的孩子。也许有人会说孩子们真可怜，另一个人可能会反驳说虽然可怜但也很可怕。那些孩子的未来很可怕，被鞭子抽大的孩子怎么会成为正常人，所以我们更加虔诚地祈祷吧，给他们更好的礼物，更真诚地为他们唱赞美诗，大家你一言我一语真挚地交换意见……想到这些，心头不禁涌上一阵钻心的疼痛，痛苦很快又变成憎恶。就像伤口侵蚀灵魂那样，经历漫长的时间，憎恶也会在内心深处慢慢腐烂，弄脏内脏、血液和骨头，让他不再相信自由意志、乐观的态度和单纯的幸福。憎恶再次唤来她们，看到她们，他把既有的憎恶当作宿主，又培养出更深的憎恶。也许在遥远的某个地方，她们会堵在通往忘却的路口，围成圈站在一起，不知疲倦地歌唱着。"开心吗？"他想抓住她们其中一人，无情地扇她耳光，然后质问：玩具还没死呢，还可以拿来取乐，高兴吗，啊？

啊啊？

但是，她们不可能听到钧的声音。虽然她们用歌声折磨钧，钧却碰不到她们一根指头。钧的伤口、憎恶和记忆，这些她们从未想象到。说起让她们感觉有意义的事情，可能也就是给可怜又可怕的孩子们一年唱两次赞美诗吧，她们将此当作献身于教会的方式，并因此感到无比自豪。钧在儿童保护所接受心理治疗时，听过那个传闻。据说，每个孩子获得的国家补助金中，有一部分会被用到那所教会的新建工程上。那段依靠幻想的希望而坚持下来的时间，让他感到些许委屈，但并没有任何背叛感。不，甚至连委屈都没有，只是空虚罢了。

钧又跑了起来，她们的歌声依然在耳边回荡，钧感觉很冷。或许那不是寒冷，而是一种无法和寒冷相区别的习惯性孤独而已。"艾莉。"他低喊道。这时他产生了既视感，如果抹掉周围的光和背景，把脚下的马路垂直竖立起来的话，就跟昨晚的梦境一模一样。灰蒙蒙的冬日天空压得很低，雨夹雪似乎马上就要来了。如果那样的话，我现在是在坠落吗？宋是我的镜子吗？最近而又最远的镜子。

那天，也就是宋坠落的那天，钧在现场目睹。起重机上面的宋和起重机下面的钧位于一条直线上，所以，造船厂里最近距离目击宋坠落的人应该是钧。那天，他清清楚楚地目睹了一切，虽然这与他的意志和选择无关，他认为这是自己最大的不幸。

*

当时，钧正在脚手架下进行焊接作业。一开始，他感到有尘土之类的物质落到安全帽上，过了一会儿，他听到哐的一声，安全帽内响起铁片的摩擦声。他反射性地双臂抱住头部，从脚手架上下来，向上仰望。只见宋飘在半空中，坠落虽只是瞬间的事情，但他感觉宋的身体仿佛定格在半空中，尽管这样的场景不可能出现。宋的身体像箭一样画出一道柔软的曲线，下垂的胳膊和双腿看上去非常无力。他感觉很奇怪，只是觉得那个陌生又非现实的场景非常奇怪，钧一动不动地凝视着空中，并没有想着怎么去救宋。

"奇怪。"他再次默念。钧慢慢闭上眼睛，等他再次睁开时，宋已经坠落在地。宋闭着眼睛，像是失去了意识，后脑勺渗出鲜血，但脸庞却清澈得令人难以置信。在船上各处工作的工人一窝蜂涌过来，把宋围了起来，然而，没有一个人果断站出来确认宋的情况。从二十几米的起重机上掉下来，身体肯定会遭受致命伤，但他们无法知道具体的受损部位，因此都不敢轻举妄动。直到作业卡车开进来后，工人们才默默地挪动身体让出路来。当时他们没人好奇是谁叫来了卡车而不是救护车，他们的想法很简单，只是想着尽快把宋送往医院。留下来的人负责清理血迹，维修倒塌的脚手架。一个多小时后，在造船厂洗手间里，钧放下了手中正在清洗着的浸透了宋的血液的运动鞋，怔怔地俯视着流向排水口的血水，这时，传来了宋的死讯。那天下班后，同事们三五成群地结伴赶往宋所在的医院，而钧回了家，回到家后倒头就睡。宋的葬礼在第二天，钧怀着肃穆的心情独自前往，葬礼上，他真心感到难过。葬礼结束后，相关部门建议造船厂让承包公司把工人们聚集起来，重新整修安全设备。造船厂的对策是更换承包公司，于是钧失业了。钧相信，自己做了力所能及的事情。

他想如此相信。

但是，如果让钧做证，那么世人肯定会谴责他。谴责他做人过于冷漠，尘土落到安全帽上时，没有及时提醒宋有危险；谴责他不负责任，在事故发生前，没有积极告知造船厂脚手架的安全问题……没人叫救护车，他只是眼睁睁看着宋被突然出现的卡车运走，相信会有人让他具体说说这起事故的具体情况。可是，他并没有通过掉落的尘土感知危险的能力，一个焊接工也不会考虑到起重机脚手架的安全问题。"事故发生后，把宋运往医院是当务之急。"这样的附加解释显然只会被当成辩解。他没有涉及其中，只是目睹了宋的坠落，但经过一番做证后，他可能会被误解成一个既无情又懒惰的旁观者，钧认为这种结果极其不公平。如果有人认为自己心知肚明却故意装聋作哑，和那些唱赞美诗的人是同类的话，那么，任凭他有怎样的意志都无法保障自己不会沦为丑恶的虫子。因为恐惧。在看不到尽头的路上，他不停地奔跑，或许是由于恐惧。

*

他回到单间公寓楼，走向电梯时，看到邮筒里塞着一个信封。钧急忙走过去，取出信封。不是艾莉写来的，是援助组织写给"致亲爱的艾莉援助者们"的信。

钧站在灯光时亮时灭的公寓楼公共玄关处读完了那封信。信件非常简短，内容不到十句，但在钧读信的过程中，玄关的灯明灭了数十次。信件以这样的句子结尾：

"我们组织请求您谅解这段时间未能向您及时转达艾莉的近况，同时希望您能一如既往地给予支持。"钧又读了一遍最后一句，然后转身走向电梯。进入电梯，他靠在墙面上，像是要倒下一样，一时陷入了绝望。手里的明信片已被揉皱。老电梯发出沉甸甸的机械声，缓缓上升，在四楼停了下来。他像是被推出了电梯，走出电梯，就看到昏暗狭窄的走廊两侧挨挨挤挤建有十个相对的小单间。这样看来，这个走廊跟保育院的走廊也没什么区别，说不定在时间的外围，保育院的走廊延伸到了这里。钧的房间在走廊尽头，经过走廊时，他的脑海里不经意间浮现出"猛兽""守门人"这样的字眼。打开灯，进入房间后，他瘫坐在地，连外套都没脱，像个结束长途旅行回家的人。比起信件内容，"致艾莉的援助者们"这样的表达，给他的冲击更大，令他心痛不已。难以相信，至今为止，艾莉的爱一直被多个父母平分。或许，艾莉也把其他的资助者们叫作"爸爸"或"妈妈"，也为他们的健康平安每天祈祷吧？也写过等上了大学，想学韩语，然后访问韩国这样的话吧？想到艾莉面前堆放着同样的信纸，如同写讨厌的作业一样机械地写那些信的背影，钧的内心深处油然生出一股被人狠狠抛弃的孤独感。

过了一会儿，钧好不容易站起身来，拿出保管艾莉信件和照片的箱子，掏出打火机，毫不犹豫地一张张点燃了。把艾莉，不，把艾莉们焚烧完扔进了钢制的垃圾桶里。放假回到老家掉到村里水库的艾莉；拼命游出水库很快失去意识的艾莉；因救助队来迟而错失急救机会的艾莉；现在昏迷不醒躺在医院的艾莉；即使平安醒来，依然不会忘记眼睁睁看着自己昏迷过去却袖手旁观的村民们的艾莉；以后会慢慢明白憎恶是什么意思的艾莉；一直喃喃说着只会伤害到自己的话语，越来越孤独的艾莉；开始坠落的艾莉；即使每天都在坠落，仍在准备又一次坠落的艾莉；所有艾莉们⋯⋯

焚烧完信件后，钧躺在地板上，这时他看到窗边的饭桌上出现一个幻影，一个身体佝偻的老头正在狼吞虎咽地吃饭，他屏住呼吸望着这一画面。现在看来，那张桌子本来就很小，无法让宋的母亲和艾莉同席而坐。不出所料，耳边再次回荡起她们的歌声。现在采集她们歌声的机械装置马上要运转了，她们该匆匆补妆，套上唱诗服，排队走上讲坛了。

歌声，就那样来了。

作家的话

任何故事都无法完整描述一个人的一生。我深知，人的一生中无法表达的瞬间要远远多于可以表达的瞬间。尽管如此，故事之外的世界里，无数文字、思绪和情感分分合合，聚聚散散，又形成一条条小路……这种想象总是散发着一种令人难以抗拒的魅力。

一直以来，我都非常感恩于能够成为一个写故事的人。

感谢为制作本书付出辛劳的所有人。特别想向这本小说集第一位读者金华英编辑、撰写评论的韩基旭评论家，以及身边经常唤醒我勇气的人们表示诚挚的谢意。

我一直非常期待这本小说集的出版。

在我和我的世界之外，人们跨越时空的壁垒相互沟通交流，产生联结，我想，他们比我更有胸襟、更有人情味。

　　现在的我……

　　也许真的可以书写他人的故事了。

2017 年 早春